INULIMA

En kulret 40 årig læge forlader efter et ophold på Rajneesh ashram i Poona sin kone og sin femårige datter og flygter til Grønland. Han får job som distriktslæge på sygehuset i en lille by på kysten. Der forelsker han sig i en smuk 18 årig grønlandsk sygehjælper, som han inviterer med på en rejse til Sydamerika i håb om, at hun forelsker sig i ham. For at få has på sine tanker beslutter han at fortælle det hele i et åbent forum. Både om rejsen og om sin tid i Grønland. Han er, mens han gør dette i syv sind. Hans beretning begynder således:

Jeg (lille mig) befinder mig på dette gudsforladte sted. Ganske alene og ulykkelig. (Hulk), men ved ikke hvorfor. Nej slet ikke!. Jeg har boet et halvt år her, og tiden er gået med det daglige arbejde på sygehuset, men der er noget jeg ikke er tilfreds med. Hm. Jeg frygter fremtiden,(Hjælp!) - for jeg har lagt planer, jeg ikke tror jeg kan gennemføre, nej! Og værst af alt, jeg har involveret andre mennesker i disse planer. Mennesker jeg ikke kender særlig godt. Ja måske slet ikke, men omstændighederne eller skæbnen om man vil, har drevet mig i armene på dem (på hende!) Ja, ja, ja.

Jeg faldt pladask for Magdalena, som arbejder her på hospitalet. Hun er 18 år gammel og gudesmuk. Jeg elsker hende over alt andet! Storesøsteren på 25 hedder Nathalia. Hun blev bidt af en hund som barn og er ikke gudesmuk. Hun har indvilget i at tage med som "anstandsdame" så vi kan rejse ansvarligt. Magdalena fik kun lov til at tage afsted af sin mor, hvis søsteren også var med, så det accepterer jeg selvfølgelig. Jeg er som sagt forelsket til op over begge ører, ikke?

Jeg HAR bestilt billetter til Havana i dag. Det første skridt er hermed taget og det første skridt er det eneste! Nu er rejsen skudt i gang BANG! Jeg vågner klokken 8 og får besked fra havnepolitiet, at vi skal møde klokken 9 og styrter rundt i huset og pakker det sidste. Nede i kantinen har kogejomfruen arrangeret morgenmad med øl og snaps, men jeg er simpelthen for ophidset til at spise og nøjes med appelsinjuice (kun et ganske lille glas til min sarte mave). Skønne Magdalena kommer og spørger, hvornår vi skal afsted. Hun har røde kinder og hendes øjne lyser af spænding ved tanken om alt det, der skal ske. Jeg sender vores kufferter med piloternes bil. Nede på KGHs billetkontor siger de, at afgangen er udsat til klokken 10. Jeg møder Nathalia og nogle af hendes venner nede i byen og føler mig udenfor.

Stakkels mig. Hun er en strigle. Jeg tror ikke hun kan lide mig, fordi jeg foretrækker hendes søster. Hm. Nå, men hvad kan jeg gøre? Sådan som hun ser ud!

   Jeg hopper ombord i helikopteren og flyver ud over fjorden til det store skib, som ligger og venter. Da vi lander kommer to yndige grønlandske piger (i perlebroderet nationaldragt) mig i møde. Det er Magdalena og Nathalia. Mine rejsekammerater det næste halve år. Ha, ha, ha.

Jeg bliver indlogeret i samme kahyt som piloterne. Pis. De byder på vodka, og ved aftensmaden går det løs med øl og snaps og senere sjusser i baren. Fest. Magdalena bliver beruset og falder over den ene fyr efter den anden. Fuck. Jeg må se til med al jalousiens kval, men da hun senere farer op og ned ad gangene og rasende banker på alle kahytsdøre, må jeg tage affære og låse hende inde. Yes sådan! Esajas som jeg kender fra byen, og som også er med på vej til Danmark, kommer og hjælper mig, og vi får hende lidt efter lidt til at falde til ro.

Nathalia fører en mere behersket stil, så hende har jeg ikke så meget mas med, men der er ikke længere tvivl om, at dette bliver den mest anstrengende rejse, jeg nogensinde har foretaget mig.

   Hvorfor gør jeg det? Hvorfor handler jeg så rent ud sagt tåbeligt, at invitere to unge kvinder fra Grønland ud på en rejse den halve klode rundt til Sydamerika? (Godt spørgsmål!)

   Fordi jeg elsker hende og fordi jeg er en æventyrer. Ha, ha, ha! Fordi jeg handler impulsivt og lader skæbnen bestemme. Fuck! Fordi jeg tror, at alt hvad jeg gør af et fuldt hjerte, gør jeg rent og ubesmittet, (hans hellighed med messekappen), uanset hvor absurd det ser ud for andre. Jeg gør det, fordi jeg føler, at dèt er det eneste rigtige. Sådan er det! Det kan I bande på ! (Fuck! Satan selv.)

Jeg tørner ind. Har dundrende hovedpine. Ad helvede til! (Fuck!)Vender og drejer mig i køjen og forestiller mig at Magdalena springer overbord. Søvn afbrudt af klagende lyde: anana, anana, der lyder som ekkoer i et tomt fjeld. Vinden tuder i skibets ledninger og rør og fortæller, at jeg er verdens største idiot.

   -Så kommer den lille gudinde saftsusemig ind i kahytten klokken 8 om morgenen kun iført et håndklæde og spørger, om jeg har noget chokolade. -Jeg kunne bolle hende på stedet! Fuck, fuck, fuck! Men hun er væk inden jeg får set mig om. Satan i helvede!

Det er den 9. sept. Mine hænder ryster efter i går. Jeg beslutter, at nu må min pubertetsalder da for søren være forbi, men hvem ved - måske er den slet ikke begyndt? (Sikkert ikke). Vi spiser morgenmad i stilhed. Magdalena er tydeligt fuldesyg. Senere afprøvning af redningsudstyr oppe på helikopterdækket og bagefter sidder jeg i salonen og tegner en karikatur af mig selv med min lange spidse næse, som altid skal blande sig i alting.

   Næste aften fortsætter festen. Magdalena finder nye bekendtskaber, og jeg må bare sidde og se på. - Fandens osse! Vi er nede i mandskabslukaferne. Der er stuvende fuldt. Adskillige flasker whisky og flere kasser øl til fri afbenyttelse. Magdalena går i bad med en irriterende lyshåret dreng med virile øjne. Lir!

   De kommer grinende ud og pjatter, mens han tørrer hendes dampende våde krop. De andre matroser vil se hende nøgen og gemmer hendes tøj, men en behjertet fyr forhindrer det, og lidt efter sidder hun på hans skød med et fuldt glas i hånden. De snaver hinanden i lang, lang tid, og så kan jeg ikke holde til det mere. Fuck, fuck, fuck! At se min elskede gudinde sidde der med en anden end mig og snave og alt muligt. Det er for stærkt for mine tyndslidte doktornerver. Tårene står mig ud af øjnene som små springvand. Ukontrollabelt. Smerten er overvældende. Men måske nyder jeg det osse. Masochist? (Er jeg det?)

Nathalia ser det og prikker Magdalena på skulderen og siger højt:- Se, lægen græder! -Hold op med at se på mig med de hundeøjne, siger Magdalena hårdt til mig. Jeg vakler ud ad døren. Jeg må væk, væk fra al den glæde, som er mig forundt. Falder i søvn i min kahyt og har det ad helvede til.

Det er den 10. Sept. Vi ligger stadig i isen. Storm og tidevand har ført os mange kilometer tilbage og ind i fjorden. Vi er faktisk kommet helt ind til kysten igen. Vores rekognosceringshelikopter går op for at finde en revne, så vi kan sejle, når vinden vender og isen atter presses ud af fjorden.

Kaptajnen beslutter at bruge tiden på at laste nogle kasser sodavand, man havde glemt, og vi sejler tilbage igen. "Mine" to piger er atter ret berusede og jeg lader dem være. Istedet hænger jeg ud med nogle franskmænd, som er på vej hjem efter en expedition. Jeg blander mig og agerer som mellemfolkelig tolk. Bringer forbindelse i stand mellem dem og de andre passagerer og træder derefter ud. De keder mig.

Magdalena er stadig den, der betyder mest for mig. Sådan er det trods alt. Hun er altid i godt humør og osse lidt vanvittig. David, som er Nathalias kæreste, kommer ud til skibet i speedbåd sammen med Isak, som er Magdalenas ven. Der udspiller sig gribende scener langs rælingen og jeg tror sågar, at Nathalia og David får nået at kneppe oppe i kahytten! Magdalena råber som en hæs ravn ned til Isak, som truer med at skyde hende! Jo tak, det grønlandske temperament! Da vi endelig sejler ud, fyrer de nødraketter af i een uendelighed. De følger os et stykke på vej, mens de skyder med deres rifler op i luften.

Den 11 sept. er en håbløs dag, hvor alt bare mislykkes. Jeg er i vildt oprør over min "store kærlighed". Magdalena er stadig på jagt efter mænd. Bare ikke på jagt efter mig. Hun farer rundt som en vild kanin i brunsttiden. Det er ikke til at holde ud at se på.

Jeg gjorde den store fejl at græde offentligt og mistede alt. Jeg tabte mit ansigt og de forlader mig alvorligt for første gang. Natten er hård med onde drømme. Det hele forekommer aldeles håbløst. Jeg river håret af mig selv i store totter i arrigskab over, hvad jeg har gjort, og samtidig lever jeg i en evig angst for at miste hende. Det er simpelthen for galt. Hvad gør jeg? Jeg aner det ikke.

Den 13 sept. stormer det. Pigerne hviner hver gang en kæmpebølge slår op på fordækket. De står i salonen og kigger ud ad vinduet. Vi har orkan og jeg er fuldsyg. Har ondt i lungerne af for mange cigaretter. Vindstyrke 11. Alt falder på gulvet. Store stabler af tallerkener vælter og smadres. En kvindelig passager falder i den høje søgang og knuser sin hofte. Vi må gå i nødhavn på Island for at aflevere hende på hospitalet.

Den 15 sept har vi en fin indsejling til Akuayry med farveformationer på klipperne som overjordiske kunstværker. Mågerne flyver i lige linje langs olivengrønne vulkansider. Fra mosklædte hustage stiger røgen fra kulsorte skorstene. Tilskuere står på kajen og glor, og en masse unge fyrer med hurtige biler og sprut er parat til at køre pigerne ad helvede til ind i troldelandet, hvor man nok ved, hvad DE er ude på. De bliver dog ombord og Magdalena viser sig ved aftenstid som den yndige pige, hun også er, i det korte forventningens øjeblik, før hun atter er fuld. En del af passagererne står af på Island og det give mere plads. Til gengæld har jeg fået et grønlandsk landstingmedlem i min kahyt i stedet for piloterne. Det giver øjeblikkelig gnidninger, for han vil drikke, og det vil jeg ikke, og jeg får ikke fred før jeg meget tydeligt præciserer, at jeg vil have ro. Det sædvanlige kultursammenstød...

Den 16 sept. ånder alting fred og ro. Jeg vasker mit tøj i skibets vaskeri. Magdalena og Nathalia spiser til aften ved et andet bord end mit sammen med deres egne folk, og stemningen "grønlandiseres". Man har arrangeret "grønlandsk aften" og borgmesteren fører sig frem og byder på fri bar. Man snakker i krogene, og jeg hører at man vil forsøge at redde de to piger ud af lægens klør. Jeg sidder i et hjørne og observerer passivt deres forsøg på at konsolidere sig med deres artsfæller, nu hvor ankomsten til Ålborg begynder at nærme sig og må indrømme, at jeg efterhånden er fuldstændig ligeglad med, hvad der sker. Yes.

Hvis de vil stå af, så for guds skyld, og hvis de vil med, ja så bliver det på visse betingelser, (Mine?). Jeg går i seng kl. 11.30 og sover uroligt og sorgfuldt ovenpå al postyret.

Den 19 sept. ligger vi syd for Norge. Mine to baronesser ankommer til spisesalen fulde som alliker og i godt humør. Magdalena bærer sin brandert bedst og fortæller med høje grin om sine oplevelser til veninderne. Nathalia er vrøvlefuld og virker forvirret. Hendes situation er svær, men hun valgte den selv i sin søsters kølvand. Festen fortsætter om aftenen og det er tydeligt at Nathalia ikke har så stor succes hos mændene som sin søster.

Der bliver vist film i skibets biograf. Jeg tørner ind, men bliver holdt vågen af min medpassager landstingmedlemmet og borgmesteren, som har kalas i kahytten med politisk bævl og kævl. Til sidst beder jeg dem om at gå, og de skrider fornærmet. Røvhuller.

Den 21 sept. er vi endelig i Ålborg. Esajas banker os op allerede klokken halv seks. Morgenmad klokken syv, og så ligger kajen der, og alle går fra borde, og jeg bestiller taxi. Vi kører først til turisthotellet, men det ser kedeligt ud, så vi indlogerer os på Park. Vi ringer straks til Magdalenas "plejeforældre". Det er Rotary i Ålborg som arrangerede ophold hos velstillede borgere for små "forsømte" grønlandske børn. Magdalena opholdt sig der et halvt år som lille, og vi aftaler at besøge dem. Vi går tur i byen og Magdalena er varm og blussende, og jeg får lyst til at lægge armen om skuldrene på hende, men tør ikke og drikker i stedet en lommelærke med rødvin, som jeg køber i et stormagasin. Pigerne køber bind og hårbørster. Vi render ind i borgmesteren og landstingmedlemmet, og de hilser afmålt på os. Hjemme på hotellet falder jeg omkuld og sover, mens de gør sig klar til at tage afsted.

Plejeforældrene bor på Argentovej i udkanten af Ålborg. Her modtages vi hjerteligt og får fin frokost og ser film med Magdalena som lille pige, hvor hun danser rundt på græsplænen foran huset mens havevanderen oversprøjter hende. Alle griner pligtskyldigt. Ha, ha. Vi aftaler at ses igen og tager tilbage til hotellet, hvor de to damer i en fart gør sig parat til at tage i byen for at mødes med besætningsmedlemmerne fra skibet. (!) Her overnatter de, for jeg ser dem først næste dag. Jeg er ængstelig for dem som en far for sine døtre . For at gøre mig helt uafhængig af alt andet ringer jeg til Janne og afmelder mit partnerskab i den sejlbåd, vi har sammen. Så er dét slut, og jeg kan kaste mig fulltime over "projektet".

Nu må jeg koncentrere mig om det ansvar, jeg har påtaget mig, tænker jeg med bange anelser.

Den 24 sept lander vi med inderigsfly i København. Vi har en behagelig flyvetur hen over øerne. Det danske land ligger udstrakt under os. I kabinen sidder jeg ved siden af Magdalena og mærker hendes krop. Vores berøring er let som en vind og vi elsker hinanden som de to fucking væsner vi er. Eller gør vi? Er det sugardating? Hm, hm, hm... Og er jeg pigernes "Sugar daddy"?

Jeg har lånt et hus i Lyngby af en ven. Vi tager direkte derud og indlogerer os. Grillkylling skal de have, som jeg henter, hvorefter byen lokker, og vi går i kollektivhuset og ser en udstilling, som meget apropos hedder "Sindssygehospitalet", hvilket ser ud til at være en passende optakt til mødet mellem Grønland og den "civiliserede" verden. Udstillingen er en vandretur gennem forskellige tableauer med makabre opstillinger af døde mennesker og trafikuheld. Tilsidst modtages vi af et hold "læger" som indlægger os på et statshospital! Meget rimeligt i forhold til vores nuværende situation, eller hvad?

Det bliver bare for meget for pigerne. Jeg kan se, de tørster efter lavlandet ovenpå den højpandede udstilling, og vi gennemtravler den indre bys værtshuse for til sidst at havne i "Skipperkroen" hvor Magdalena hurtigt finder en lille mørk fyr fra filipinerne, som hun forsvinder væk med. Nathalia drøner efter med en anden skummelt udseende herre, og så sidder jeg alene i værtshuset med min øl. Springer ud i en taxa og kører direkte til Lyngby og beslutter, at nu kan det være nok, men så dukker de op klokken 4 om morgenen i godt humør og så bliver de tilgivet. Selvfølgelig. Eller hvad?

Dagene går, og lidt efter lidt bliver der en vis ro over vores selskab. Vi går ture rundt om Lyngby sø og tager til Christiania for at ryge os skæve. Er også i Grønlænderhuset, hvor jeg bliver overfaldet af en fuld gammel inuit, som kalder mig "Diabolo". Det er ikke rart, og for at bøde på det dårlige humør spenderer jeg (daddy) indkøb af sandaler og ringe og halskæder til mine "døtre". Jeg bruger mange penge her i København. Kører taxa, og altid skal de have Hot Dogs!

Den 29 sept er freden forbi. Ind til byen skal de. I Nyhavn og Skipperkroen og gud ved hvor og kommer sent tilbage med fyre, som de knepper på toilettet, og det har jeg ikke fantasi til at finde ud af, hvad jeg skal stille op med! (Du kunne jo smide dem ud, men det nænner du ikke, for du besat af den lille tæve!)

Det gør satans ondt i hjertet (hulk) og i ryggen (av), hvor kniven sidder begravet (av, av, av). Nu knuses alt håb mellem mig og Magdalena endeligt (suk). De lyde i badeværelset i Lyngby den nat var for meget for mig. Alt, alt for meget og jeg synker ned i absolut håbløshed. (Døden)

Den 1. okt sidder jeg i den store stue, mens Magdalena går ud og ind. Hun siger hele tiden ting. Hun siger at alt har betydning, eller at alt betyder noget. Jeg føler hendes medfødte visdom (ha, ha, ha) og lader mig gerne oplyse af hende. På en måde er hun min guru eller vejleder. (Ho, ho, ho)
Jeg har absolut tillid til den lille kvinde. (Det er fandme snart for meget!) Jeg ved ikke hvorfor. Måske er det fordi jeg elsker hende. Er så øm om hende som var hun en blomst i

fjeldet (Pis). Nathalia ligger brak, fordi Dines har sendt et telegram, hvor han forlanger, at hun skal komme hjem med det samme. Selv har jeg problemer med forbindelsen fra Paris til Lima, men det ordner sig nok alt sammen. Bare tålmodig gamle dreng!

Næste afsnit:

Den 2. okt kommer en ophidset herre ud fra nabolejligheden og råber ad mine to medrejsende, at de er "nogle forbandede abekatte, som burde skrubbe hjem, hvor de kommer fra" Han truer med at melde os til politiet for uorden i lejlighedskomplekset. Jeg ved ikke, hvad han har på os, og hvad han må have hørt, men jeg er rystet. Det er den første egentlige konfrontation, vi har på grund af mine venners inuit-herkomst. Jeg er lige ved at komme op og slås med ham, og er chokeret over de destruktive kræfter der ligger skjult lige under den pæne danske overflade. (Men hvad med mig selv?)

Den 5.okt møder jeg min kone og min datter på Kgs. Nytorv. Græsset under hesten er lysegrønt, og mågen sidder og skider ned over rytterstatuen. Hun modtager mit kys, og min datter er bare helt fortryllende smuk. Lidt senere dukker en veninde til min kone op. Hun bærer på en lang paraply, og er ved sin tilstedeværelse som udeforstående med til at fremmedgøre øjeblikket. (Jeg ville ønske, hun ikke havde været der, så vi kunne få fred til os selv. Det er min kones idé. Hun er altid så emsig). Jeg har reserveret bord på A porta, hvor vi spiser frokost. Jeg får endelig set min datter dybt i øjnene. I lang, lang tid og kan tilsidst ikke holde tårerne tilbage. Men jeg ser, at hun er stærk. Gudskelov. Vi bryder ud i latter allesammen over den akavede situation. Da paraplydamen er gået, må vi skilles, fordi vi ikke kan blive enige om, hvor vi skal gå hen. Sammen...

Den 13.okt er rejsen begyndt for alvor. Jeg sidder nu i Cubana flyet og prenter mine kragetær i en lille kinabog mens folk vader forbi og støder ind i min skulder med deres tasker. Vi var på Bornholm i weekenden. Magdalena og jeg , alene! Nathalia ville blive i København og ud med sine venner. Det passede mig fint. Måske var der alligevel et lille håb for mig. (Listepik?). Jeg indlogerede os på hotel Griffen med dobbeltseng og svømmehal. Så skulle det give pote, tænkte jeg og lagde hårdt ud med en tur til Hammershus, hvor vi i den friske luft, kun hende og mig måske endelig kunne finde hinanden. Men sådan gik det ikke. Hun ville ikke blive én nat til. Vi sov i den store dobbeltseng med 1000 kilometer mellem os. Jeg tror sågar, hun var bange for, at jeg skulle forgribe mig på hende, hvad jeg selvfølgelig aldrig kunne finde på. (Selvfølgelig!). Det har hele tiden været mit dybeste ønske, at hun skulle finde mig. Jeg har jo fundet hende. Det lægger jeg slet ikke skjul på, vel? Men hun vil simpelthen ikke være sammen med mig på den måde, som jeg vil være sammen med hende, (Bolle, bolle, bolle). Det viste Bornholmerturen med al tydelighed. Den følgende morgen tog vi flyet tilbage til København, hvor de begge skulle på Rigshospitalet for at blive behandlet for gonoré. (Dér var jeg alligevel lidt heldig!).

  Jeg går ud og leder efter rygsække til vores expedition og holder pause i Fælledparken. En lys pige sætter sig ved siden af mig og byder på en kage fra sin pose. Jeg flyder over ved den lille venlighed fra et andet menneske (hulk, hulk, hulk) og kan ikke holde tårerne tilbage. (Grådlabil). Hun får hele historien og jeg får luft. Bagefter henter jeg mine to ravne fra hospitalet. Jeg tager hjem til Lyngby med de nyindkøbte rygsække, mens de forsvinder bort i byens vrimmel. Jeg nusser rundt og ordner det sidste. (Tantefar).Pakker to kufferter med grej, som ikke skal med, og får det bakset ned til Lyngby station og ud til min mor.(Mama Mia). Hun er gammel nu. Vist nok 78. Hun sidder i en stol og ser fortabt ud, da jeg kommer . Der er noget i vejen med ryggen. Alderen og ensomheden piner hende. Hun bliver lidt efter lidt friskere, fordi jeg er der. Hun snakker meget og jeg har svært ved at samle mig om ordstrømmen. Det er fordi, hun ved, at jeg går igen, og så skal det hele nås, og så når hun selvfølgelig ikke det vigtigste, nemlig nærhed. Vi skilles uden at være nået et skridt videre i vores forhold. -Åh, hvor er det svært...(Åh, åh, åh og piv, piv).

Fra min mor tager jeg ud til mine gamle venner Theis og Naja. De er glade for at se mig. Deres lille datter er oppe på mærkerne og løber omkring og vil have kontakt. Først da hun er lagt i seng, kan vi snakke. Der kommer en vis dialog i gang, men det er tydeligt, at Theis er bange for eroterne mellem Naja og mig. Vi kneppede en gang sidste år og det kan han ikke glemme. (Nej, det tror da fanden). Jeg prøver at få dem til at forstå, at hvert minut er kostbart og fortid er fortid, men det ser ikke ud til at have nogen effekt. Fucking idiots!

Folk snakker. Det er aften i Madrid og 26 grader varmt. Hvem sidder på magten? Det er det, det hele tiden drejer sig om i vores tres forhold, (Ja hvem mon?). De kørte kraftigt op i morges, da vi skulle afsted, men jeg havde jo osse på en måde ønsket en afgørelse og klar stillingtagen, og det skal jeg love for jeg fik!
   De kom hjem klokken halv seks. Først Magdalena, pløre fuld.
Hun flagrerde vaklende rundt og væltede om på sin seng og faldt i søvn. Dernæst Nathalia en halv time senere ligeledes stærkt beruset. Jeg gik i bad og fandt bagefter dem begge bevidstløse. Vi skulle være i lufthavnen klokken 8. Jeg forsøgte at vække dem, men uden held. Det var først da jeg rev dynerne af dem og smækkede hårdt med køkkendøren, at de reagerede. De fòr op og over mig. Sjældent har jeg fået så meget lort i hovedet: -Diabolo, krime, hund o.s.v. o.s.v. – Jo tak, jeg blev besudlet! Så lige så hurtigt, det begyndte, holdt det op. De indså, at der ikke var anden vej end at at få pakket og komme afsted. I taxaen til lufthavnene mødtes vore hænder. De lagde deres hoved ind mod mine skuldre, og jeg genvandt troen på dette totalt vanvittige projekt. Månen var fuld og alt harmonisk og smukt, men i afgangshallen spidsede det til igen. Jeg forhindrede Nathalia i at købe en flaske vodka, som hun ville have med til at drikke af i flyet. Hun blev rasende, og på vej ud i fingeren sagde hun, at hun havde revet sin billet i stykker og derfor ikke kunne komme med. I mit stille sind åndede jeg lette op og udbrød :- Tak for det Nathalia, så er vi fri for for dig! Det lod hun sig ikke sige to gange. Hun hev den sammenkrøllede men hele billet op af lommen og grinede overlegent:- Så let slipper du ikke! Vi gik sammen ud i maskinen og lettede endelig. Det var en lettelse! Nu er vi på vej. I Berlin lufthavn fik vi sovet i nogle timer. De drak mærkelig tysk sodavand og spiste wurst og legede med rubiks kugle, og roen indfandt sig. Derfra til Madrid og lige nu er vi for enden af startbanen og skal til at lette med kurs mod Barbados og dernæst Havana på Cuba. Over Atlanterhavet. Gud bedre det!

Det er den 14 oktober og varmen har overtaget! Nathalia er allerede meget træt af den, og Magdalena vifter sig ihærdigt med en pose foran ansigtet for at få luft. Jeg selv er i fin form. Elsker troperne som en fisk i vandet! Vi sidder i Havanas internationale lufthavn som transit passagerer og kommer først videre i eftermiddag. Desværre er vi spærret inde i en hæslig, hermetisk lukket ventesal, hvor adgang til toiletterne kun kan ske i følge med en opsynsdame, som aldrig er der. Vi fik dog lov til at gå i restauranten og drikke is the og juice og spise ostesanwich og fik vekslet nogle dollars om til pesos, hvorefter det viste sig, at vi alligevel skulle betale i dollars. De er vilde med dollars her på Cuba. Besynderligt når de hader Amerika og har smidt amerikanerne ud under revolutionen. Men hård valuta slår idealerne omkuld tilsyneladende. Vi venter i timevis og må end ikke gå udenfor og trække lidt frisk luft. Der står muskuløse politisoldater med trukne maskinpistoler ved alle udgange og ser frygtindgydende og meget vrede ud, så vi overholder udgangsforbudet, mens tiden glider sløvt afsted. Soldaterne tager sig i skridte, mens de glaner efter de to unge piger, og alt er ved det gamle. Både Magdalena og Nathalia nyder situationen og sender lynglimt af sex ud i luften som et helt fyrværkeri. Jeg græmmes...

Den 19 oktober er det atter blevet aften. En duftende aften, som ikke er min. Det følte jeg, da jeg måtte "aflevere" hotelnøglen. Magdalena bad om hun måtte "låne" den famøse nøgle, så de kunne komme ind om natten. Hvornår mon hun beder om at "få" den? Hm. – Ja det er sgu ikke nemt, især fordi jeg har på fornemmelsen, at meget af denne faren afsted uden mig skyldes Nathalia.

Nå, men her er vi, og en uge i Lima er faktisk gået over al forventning ikke mindst på grund af hotellet, vi bor på. "Residentia Miramar" med fidele tjenere og en fordrukken værtinde, som har skabt en engelsk pub i underetagen, hvor herboende britere optræder med dart spil og heavy jokes! Eneste minus er, at jeg blev bestjålet i bussen. Pludselig var de væk de 50 dollars, jeg havde i brystlommen, så jeg skal til at passe lidt bedre på, skal jeg!

Jeg drømte i nat, at jeg i et forsøg på at anskueliggøre min situation overfor damerne sprængte alle rammer. Det endte resultatløst. De fatter ikke en skid og gider simpelthen ikke høre på mig. Klart nok. Hvorfor skulle de det? Nu sidder jeg på bænken ved Desamparados station og venter på toget, som vi skal med til Huancayo. Billetterne er købt, og de to er ude efter slik. Vi slap lige netop fri af en mindre katastrofe i Lima i går, og det er et stort spørgsmål, om vi nogensinde kan vende tilbage til "Miramar". De to piger var på vej ud i en bil med tre ukendte fyre, og jeg nåede at standse dem i allersidste øjeblik før de skulle køre væk. De er ufatteligt naive en gang i mellem! Jeg inviterede dem på diskotek i stedet for og dansede tæt med Magdalena. Det er hele tiden lige ved, og slet ikke. Senere blev hun fuld, og vi måtte have hjælp af den pæne politibetjent med den rene uniform og de stærke øjne. På vej hjem i taxien bed hun mig i armen, som hun plejer, og jeg kan ikke blive i tvivl om, at hun elsker mig! (på skrømt?) Lige nu sidder de ved siden af mig og er glade og morgenfriske og har snakket med politimanden udenfor (mænd altid mænd, de liderlige asner), og vores tog går klokken 7.40

Efter en flot og festlig tur ad verdens højest beliggende jernbane fyldt med højrøstede lokale indianere via Oroya til Huancayo, gik toget kort før ankomsten i stykker! Vi måtte gå langs banelinjen hen til stationen. Meget anstrengende og tungt i den tynde luft uden ilt. Vi snappede efter vejret, men fik gudskelov prajet en taxa ind til byen for 900 soles, som var over budgettet, men pigerne var utidige og trætte. Den eneste måde, jeg kunne blødgøre dem på, var at stile direkte mod statsturisthotellet. Byens fineste og dyreste, og der havnede vi i en luksussuite til endnu en budgetoverskridende pris. Jo, jo, de forstår at rejse standsmæssigt. Om aftenen skulle de have middag i hotellets restaurant med fire retter og lamasteg, som de smovsede i til min store fortrydelse. Det hele var dyrt ad helvede til, 5000 soles, og jeg har snart ikke mere energi (læs: penge) tilbage. Nathalia lavede en scene, før de forsvandt ind i deres gemakker med smækket dør, fordi jeg klagede over deres hang til luksus og overforbrug. Nå, men færdig med dem! Jeg gik alene ud i byen og fandt et ydmygt sted, som jeg elsker det, og fik mig en kop alpaka-the serveret af en smilende ung indianerpige, som ikke gjorde vrøvl!

Den 23 oktober om morgenen sidder jeg på samme lille restaurant og drikker varm mælk og spiser en bolle med stegt gedekød. Pigen fra i går står oppe ved disken og ordner negle. Jeg genoplever min nat, som jeg lige har været igennem. Den var fyldt med sindsyge drømme. Jeg var i en mørk biograf, hvor filmen gentog billeder af tyrenosser afbrudt af Magdalenas mund, som hele tiden trak sig væk fra mig og hen mod nosserne. Derefter skift til en sygeplejerskes gravide maveskind, som bølgede og bugtede sig, indtil Magdalena sprang ud som nyfødt med rødt hår som en irlænder. Tilsidst kommer en ambulance hylende og idet den svinger hen foran, falder liget af en ældre kvinde med træk som Nathalia ud foran mig og går i opløsning i en blodpøl. Pyha!
    Jeg kan ikke få vejret. Det hele er meget anstrengende her i den tynde luft. Kl. 5 i morges kommer de 2 fisseletter hjem til hotellet højt tudende. - Nathalia er blevet voldtaget! råber de i munden på hinanden. De var taget med nogle fyre på diskotek i nat, og der blev hun taget af fire betjente på tur, siger de. Jeg tvivler ikke. Jeg er dødtræt af det altsammen og føler mig skyldig i alt. (Jeg store idiot). Vil allerhelst rejse hjem med det samme (halen mellem benene), men giver det alligevel en chance. (Hvorfor mon?). Jeg har i "Håndbogen" set, at der findes et kloster ude på landet som tager imod gæster og beslutter, at vi skal rejse der hen og falde til ro, for hvad andet kan jeg gøre? Hjælp! Sidder i suppedasen til op over begge ører, ikke?
    - Jo, vi har fandme ondt af dig. Vi som læser det her. Vi som læser det her, er dig som læser det her, som er dig selv, der skriver det her. Dit store svadderhoved! Fuck dig! Fuck, fuck, fuck. (South American Handbook)

Conception. Historien fortsætter. Back to "normal".

Jeg er skide gal i hovedet. Specielt på hende jeg elsker, og som åbenbart ikke elsker mig. Det er det, der hele tiden piner mig og gør så ondt. I går omtalte hun mig simpelthen som "lægen" overfor sin søster. Lige nu spiller de "vores" sang "hands up" på pladsen foran hotellet fra store højttalere, som hænger i træerne. Jeg er ved at blive skør. "Follow me!" lyder det i mine ører. Gad vide om jeg nogensinde holder op med at løbe efter lykken. Der sidder to unge piger på en bænk og fniser og sender gnistrende glimt mod mig med øjnene. Frækheden stråler ud fra deres indbydende små kroppe. Det lokker mig så nemt.
Jeg bliver febrilsk og usikker og ved ikke, hvor jeg skal se hen. Det er det samme med Magdalena og Nathalia. De kører rundt med mig. Jeg behøver hjælp, men måske kommer hjælpen ovenfra. Fra Jesus. Han omgikkedes jo skøger, ligesom jeg. Men jeg tror nu ikke han kneppede dem. Skønt hvem ved?
    Endelig en rolig nat på klosteret Santa Ropa de Ocopa, hvor vi fik tildelt en 12 sengs stue helt for os selv. De har en stor zoologisk samling, som en snakkesalig munk slæbte os gennem i flere timer. Nathalia for forskrækt sammen da han trak en hårbeklædt fugleedderkop op af skuffen og demonstrerede dens giftkæber, mens han lavede smaskelyde med læberne. Begge pigerne krøb tæt ind til mig. Mit beskytterinstinkt

voksede, og i en artificiel tilstand af nærhed blev vi ført videre gennem klosterets hundrede år gamle bibliotek med 20.000 støvede bøger som ingen læste. Vi begav os derefter ud i et afsvedne landskab og ind til landsbyen, hvor et intermistisk gadekøkken serverede kyllingestuvning med ris og lokal bitter øl. Det løftede stemningen så meget at Magdalena tog mig under armen på spadsereturen hjem. Den lidende daddy fortonede sig i naturlig seksualitet. Jeg var i syvende himmel!

Om morgenen styrter regnen ned og vi beslutter at tage videre. Der går en bus til Jauja som ligger 200 km væk. Det er en lang tur med mange stop. Ruten benyttes overvejende af indianere med spraglet tøj og levende dyr i kasser og bure på vej til markederne. Vi får lov at stå op det meste af tiden, men der er god stemning, og vi bliver budt på små kager og sød kaffe, mens vi rumler afsted. Jeg nyder folkelivet. Duften af sved og hud og dyreekskrementer. Mine to kvindelige ledsagere er mere skeptiske.

   Endelig bliver vi smidt af på en opsamlingsplads, hvor fiskerne faldbyder deres fangst, og her prajer vi en taxi, som kører os det sidste stykke til Laguna de Placa, hvor vi indlogerer os i Turisthotellet. Her vælger Magdalena seng allerlængst væk fra mig, og jeg bliver sur og synker i et dybt hul. Vi bor på samme værelse, og jeg ved godt, at det er "diskutabelt". (Hvorfor nu det? Hvad fanden er det for et forhold, jeg har til de to piger? Er vi kammerater, eller hvad?). Nå, men lige meget. Mit og Magdalenas forhold er øjensynlig cølibatært, så når eroterne tager overhånd, tager de bare teten og støver fyrer op, mens jeg bliver overladt til ensomhed og kval. - Ja det er faktisk den rene elendighed, men som sagt, håbet er lysegrønt. Idiot.

Vi sejler en tur på søen i en stinkende pram styret af en tandløs olding, som hele tiden spytter skrå ud i det sorte vand, mens motoren hostende sender dieseltåger i hovedet på os. Nu er vi efterhånden sure allesammen. Tavst afslutter vi sejladsen før tid og går i hver sin seng langt fra hinanden oppe på Hotel Turistas uden at sige et ord til godnat.

Næste morgen er den triste stemning blæst væk af strålende solskin, emaljeblå himmel og små lette små sommerskyer, som titter ind ad vores vinduer, når skodderne åbnes. Jeg springer tilbage i min seng i det bagerste hjørne af rummet. De griner ad mig, og jeg gemmer mig under dynen og lader som om, jeg ikke hører dem. Sådan ligger vi i hver vores seng og fniser og siger dumme vittigheder til hinanden. Børn. Når de står op, holder jeg mig skjult. De skal ikke tro, jeg udnytter dem. Det gør jeg ihverfald ikke. På æresord! De har fuld tillid til mig. Det er det vigtigste. At jeg elsker Magdalena betyder ikke, at jeg ikke osse holder af Nathalia. Det er bare på en anden måde. Jeg ved ikke, hvordan jeg skal sige det, men det er, som om min kærlighed til Magdalena bærer over med det hele. Det er på samme tid uendeligt dydigt og uendeligt sexet. Fuck det hele, tænker jeg i mit stille sind. Det kan kun gå godt, kan det. Det ser jeg jo. Det går strygende det her!

   Vi gider ikke spise på hotellet. Det er gammelt og slidt. Her lugter osse af kattepis. Jeg foreslår, vi tager ind til Jauja for få aftensmad senere. Men trods alt er her roomservice, som bringer omelet og cubalibre. Det indtager vi, mens vi spiller mikado, som jeg vinder! Så begiver vi os afsted ud ad landevejen i håb om at blive samlet op af en "collectivo".

Det er lige i skumringen og lyset er silkefint. Varmt og gyldent giver det alt omkring sig kontur og klarhed. Bjergene er brunviolette og mennesker vi møder ligner brændende fakler i deres ildrøde tøj.

Vi går, og jeg sparker fodbold med børn på vejen. Nathalia spørger mig, om jeg ikke osse har lyst til at bolle og jeg svarer, at det vil jeg kun med Magdalena. Magdalena går ved siden af og hører, hvad jeg siger. Jeg tilføjer, at hvis ikke hun vil, så er det bare sådan. Jeg kan virkelig ikke lægge pres på hende. Dertil er min kærlighed alt for stor og øm.(Undskyld, men hvad er det for noget forvrøvlet pis at sige?).Endelig kommer der en lastbil fyldt med hylende unge mennesker på ladet, og i en støvsky bliver vi taget op og får lov at køre med ind til byen. Jeg nyder at stå i blæsten højt hævet over den rødbrune jord, mens vi farer afsted. Der står en ung smuk indianerdreng ved siden af Magdalena. Deres hår har samme blåskinnende ravsorte skær, og jeg ser hvorledes de passer sammen som himmel og jord. Min jalousi smelter bort ved synet. Al tings sammenhæng går i et glimt op for mig, og jeg ler højt til alles forbavselse! Ja, ja, ja. Lidt før Jauja bliver vi sat af på Plaza des Armas, mens den store vogn kører videre med de grinende og vinkende unge. Vi begiver os på vej ind mod byen, og her udpeger Nathalia en lille købmandsbutik med borde udenfor, hvor hun synes vi skal sætte os. Indenfor er der fyldt med hylder og skabe, som rummer alt hvad hjertet kan begære af spiritus, øl, vin og cola.

Jeg køber en flaske rom og nogle colaer og smider en mønt i musicboksen. Vi slår os ned på de vakkelvorne stole i aftensolen, mens de spansk-peruvianske klange bølger i luften. Snakken går om dem derhjemme. Om byen og familien og om det nye hus de skal flytte over i, når vi kommer tilbage til Grønland. De to piger er jo søskende og ikke altid lige enige, og det forsvæver mig, at Magdalena en gang har udtalt, at hun aldrig vil bo sammen med Nathalia mere. Nu siger hun ikke noget om det, men smiler bare. Man kan aldrig vide om det, de siger, er noget de virkelig mener. Det glatte "asiatiske" ansigt fornægter sig ikke og er umuligt at komme ind bag. Hvis altså ikke de ønsker det. Efter en del rom og cola bliver vi enige om at bryde op. Det er blevet mørkt. Langs vejen lyser glødende ildsteder, hvor der steges kød på spid. Jeg køber, men pigerne spytter ud igen. - Det smager brændt, siger de. Nægter at spise, mens jeg gumler i mig og synes det smager fortræffeligt. Jeg tror, de har svært ved at omstille sig fra den havfriske grønlandske sæl og hval til de rottelignende dyr, vi får serveret på små spid fra gadekøkkenet. De trækker mig videre hen mod en oplyst danserestaurant med farvede guirlander og larmende musik. Der er ingen mad kun øl, og jeg priser mig lykkelig over, at jeg fik spist lidt før. Her er mange mennesker i gang med at indtage store mængder af det lokale bryg. Skvulpende karafler køres hen ad de ølvåde borde. Vi kniber os ind og får plads overfor en samling politibetjente og soldater, som højrøstet er i færd med at fejre et eller andet. Ikke mange minutter efter vi har sat os, foreslår Nathalia, at vi rykker over til dem, og snart er Magdalena i gang med at kysse den ene betjent!

Hun har simpelthen ingen hæmninger, når det gælder mænd!(Mens hun er dydig som en mimose, når det gælder mig. Hvad fanden foregår der?) Længe varer det ikke, før de har aftalt, at vi skal på diskotek "Papillion"!

Øl nedskylles i eet væk og pigerne er lykkelige, omgivet som de er af al den maskuline opmærksomhed. Så bliver vi losset ind i en politibil og kørt til "Papillion", som viser sig at være en bar med bagvedliggende dansesal, hvor parrene i passende mørke kan dyrke elskovens glæder i små aflåselige båse. Begge piger bliver øjeblikkeligt overfaldet af mindst 10 mænd og meget hurtigt er Nathalia i fuld seksuel forening med den tykke politibetjent! Magdalena er omsværmet hele tiden og må kæmpe sig fri af brunstige mandearme. Selv jeg bliver budt op af en livlig peruviansk pige, som dog senere får forbud mod at danse med den "fremmede" af sin uhyre skinsyge fyr, der resten af aftenen holder et vågent øje med mig. Jeg farer frem og tilbage mellem bar og dansesal forfulgt af fyre, som hele tiden kalder mig "my friend" og er efterhånden ved at blive tosset! (Hvis jeg ikke er det i forvejen?)

Klokken halv et om natten løber jeg ud og finder en taxa, men Nathalia vil ikke med, og de to søstre farer i totterne på hinanden, mens chaufføren står og venter, og alle de sammenstimlede fyre prøver at skille dem ad. Det lykkes til sidst, efter Nathalia har givet Magdalena en blodtud og en revne i læben. Nathalia løber sin vej, og jeg er alene tilbage med Magdalena, som river mig med ind i bilen, og vi drøner afsted væk fra den hujende hob.

Magdalena er ophidset. Blodet løber ned fra hendes næse, og jeg prøver at tørre det bort med et lommetørklæde, men hun skubber mig væk: – Det er din skyld det hele! Skriger hun ind i mit ansigt. – Og Isak som døde (han døde i isen under en sæljagt efter vi var rejst og var Magdalenas ven) - Det er osse din skyld! Det hele er din skyld! Denne åndsvage rejse. Hvad skal vi her for? Hvad er det du vil? Hvorfor er du bange for mig? Du er et fæ, er du! og hun bryder hulkende sammen i blod og tårer, som hun prøver at stryge væk fra kinden. Jeg aner ikke, hvad jeg skal sige. Pigebarnet har jo ret. Jeg er en stor idiot med alle mine arragementer. Hvad er det jeg vil? En skør mand på totalt vildspor river to uskyldige unge piger med sig i faldet, fordi han ikke kan lade være. Han kan simpelthen ikke lade verden være, som den er. Skal hele tiden lave den om til sin egen fordel.

Nå, men det kan jo ikke nytte noget nu. Nu sidder du i saksen, gamle ven, og må rede trådene ud så godt, du kan for dig og dine to kammerater. Men en lort er du. Hun har helt ret. Hende din "udkårne". Så på den måde kan det nok ikke være andeledes. Noget af det.

En gammel portner lukker os ind på hotellet og siger, at strømmen er gået, og vi må bruge stearinlys for at finde vej til vores værelser. Mens vi lister frem i kulsorte gange, starter Magdalena atter sin store tur med at hade alle og allermest mig. Jeg er en diabolo og en krime (hund), skriger hun så det runger i de højloftede hotelsale. Jeg prøver at dysse hende ned, men det gør det bare endnu værre. Hun skriger og råber og jeg priser mig lykkelig over, at vi er de eneste gæster på hotellet.

-Jeg vil til København i morgen. Peru er ikke noget for mig, hvæser hun.

I det øjeblik beslutter jeg at NU må det være nok.

Vi må slutte rejsen her. Afbryde turen. Jeg føler mig som en morder, hvis vi fortsætter. Nogle timer senere kommer Nathalia tilbage og jeg må ud med stearinlys igen. Vi skal gennem køkkenet for at nå vores værelser, og her ser jeg store rotter løbe op og ned langs rørene og på bordene. Hun har en fyr og hans punkterede cykel med. Vi finder et ekstra værelse. Magdalena sover gudskelov. Jeg ligger i min skæve hotelseng rystende over hele kroppen, indtil jeg endelig falder i søvn. Nathalia boller med fyren så det giver genlyd i hele hotellet. Om morgenen er de fuldstændigt enige om, at det altsammen er min skyld.
Jeg beslutter mig for at lade dem bestemme fremover og vil iøvrigt holde mig væk, når de skal på mandesjov. Om vi afbryder rejsen? Det må tiden vise…

Mens vi venter på bussen til Ayacucho, bliver bagagen tilhørende en backpacker, som også skal med, i et snuptag stjålet af en forbipasserende tyveknægt. Pist væk på et sekund, mens han vender sig bort. Man skal være over sin rygsæk hele tiden. Overalt er der hænder parat til at snuppe ens ting.

Vi skiftede til et nyt hotel i går efter bataillen, og de ændrede omgivelser har gjort, at pigerne er blevet mere rolige. Vi fik alle et langt varmt bad i morges og det gjorde underværker. Lidt hovedpine er der dog tilbage, men den forsvinder nok snart, når vi om lidt begiver os ud på den 11 timer lange køretur ad snoede bjergveje med dybe slugter op over et højt beliggende pas til den gamle incaby, som jeg oprigtigt glæder mig til at se.

Sidder på plaza des Armas i Ayacucho på en bænk med udsigt ned over de smukke gamle bygninger og har det rigtig skidt, for det går mere og mere op for mig, hvem det er jeg rejser sammen med. Det er to små liderlige soldaterludere, er det. Det er jeg vis på. I hvertfald Nathalia, og Magdalena følger som sædvanlig trop. Jeg tror faktisk, jeg vil lade dem passe sig selv så meget som muligt her. Selv gå på opdagelse i byens kultur og blandt de særprægede mennesker og forsøge at glemme mine to eskimoiske rejseledsagersker.

Jeg er allerhelvedes træt efter den lange bustur, hvor jeg diskrimineredes åbentlyst til fordel for soldater med glinsende sorte maskinpistoler, som vralter rundt og udsender bedøvende dufte af sperm og krudt og død. Mord og drab og vold og had. Opgejlet paranoia.

Det er det, hele dette trip handler om. At jeg lidt efter lidt i blomsterluft og euforiserinde kvindesind, som jeg stadig tror på som noget smukt og rent, purt og ikke pyntelligt, men ægte, kommer til mig selv. At jeg ikke opgiver min øjebliksbevidsthed, men er fri til åbent at udforske det, der sker. Uanset hvad der sker!

Se, der går han, soldaten. Det er sgu da synd, at han sådan må gå rundt med hele kroppen i spænd parat til skud. Hvor jeg dog hader spekulativ seksualitet! (Er det ikke netop sådan du er selv. Ser splinten i næstens øje, men ikke pælen i dit eget ?) Pigerne hakker på mig og kalder mig et sjok, fordi jeg ikke er en gejl soldat. De kalder mig en hund. Hm, det var ikke rart. Hundeøjne. Øjentjener. Røvslikker mm. Ha, ha, ho, ho. Farlig karl. Hm...

Vi mødes senere, hvor de er sultne, og sammen går vi ud for at finde en restaurant. Det viser sig, at der er undtagelsestilstand i byen, fordi nogle studenter har forsøgt at besætte en politistation, og situationen er højspændt. Inden klokken 22 skal alle gader være ryddet, og vi må huske at komme tilbage til hotellet inden da. Overalt patruljerer bevæbnet politi, som pigerne sender skælmske blikke. Gudskelov møder vi en norsk fyr, som vi falder i snak med. Det afbøder den syge stemning mellem os, når han beretter om den fantastiske by Cuzco og får os hidset op på rejsehesten igen, mens han fortæller om andesbjergenes perle deroppe i den tynde luft. - Der skal vi hen! jubler begge pigerne. Nok mere fordi nordmanden er en flot fyr, end fordi de tørster efter incamonumenter, men under alle omstændigheder, vi får det bedre. I et marked køber jeg indianske øreringe med røde sten til Magdalena. Nathalia køber røde trusser med ordet "LOVE" broderet tværs henover maven!

Turen bliver lang, for vi tror hele tiden, vi ser en restaurant, men der er ingen. Så dukker to drenge op og vil sælge os en due, de har i en kasse. Jeg griber situationen, køber kassen og slipper duen fri. Den flyver lykkelig til vejrs, mens pigerne hviner, og jeg tror nok, jeg aner noget, som ligner et kærligt blik fra Magdalena, men jeg er ikke helt sikker. Måske elsker hun mig alligevel inderst inde? Håb, håb, det evige håb. Så endelig ligger spisestedet der. Det er yderst spartansk med tusind fluer, men nogle sammenrullede pandekager med kylling og agurk bliver det dog til, inden der lyder kraftig geværild lige udenfor. Vi skynder os afsted og passerer justitspalæet, hvor der er åben kamp. Vi når frem til vores herberge langs husmurene, mens vi dukker os for ikke at blive ramt. Her er en gruppe rygsækrejsende danskere netop ankommet. Alle kryber sammen i pigernes værelse, der har balkon ud til gaden, hvor maskinpistolsalverne knalder. Flasker med lokal vin går rundt, mens vi skutter os i angst over, hvad der kan ske. Da en af de danske piger stikker hovedet ud på altanen, lyder der høje råb og støvletramp inde på vores hostel, som bliver bestormet under trusler om, at vi alle vil blive tilbageholdt.

Gudskelov er værten en brysk madame med sans for soldaterdrenge. Hun afbøder vores fængsling, hvis vi alle lover at forlade byen i morgen tidlig. På et minut ligger hver og een under sin dyne med lyset slukket. Musestille. Jeg ligger og overvejer min egen utilstrækkelighed i forhold til Magdalena. Skyldes det mine alt for smalle skuldre, mine tynde arme og min lange næse? Mit bomuldshår? -Som altsammen tørster efter berøring fra den jeg elsker. Åh ja. Åh ja. Savn. Moar! (H.C.Andersen.)

Flyveturen op til Cuzco er bare helt vidunderlig. De blågrønne Andesbjerge ligger udbredt under os med deres skarpkantede sneklædte tinder. Store buldrende skyformationer stiger op omkring maskinen og får den til at rumle og pibe. Stemningen i kabinen bliver noget trykket, men da vi endelig glider tæt ned over de cadmiumrøde tage i strålende sol og lander perfekt på den korte cementbane, ånder alle lettet op. Kabinedøren bliver åbnet, og vi træder ud i det skarpe højfjeldslys, der skønt temperaturen kun er 11 grader, alligevel formår at få vore kroppe til at føle sig varme i den tynde luft. Jeg har hørt om Hotel Marquesos, som min sidemand i flyet berømte i høje toner, så hvorfor ikke? Jeg prajer en taxa, som på få minutter bringer os frem, og ganske rigtigt, det er et smukt sted midt i den gamle bydel med udskårne trædekorationer og restaureret ned til mindste detalje som gammelt spansk kolonialt hus. En stor gårdhave omgivet af altaner hele vejen rundt med indgang til de enkelte værelser, og som prikken over i'et ligger der minsandten en indbydende lille vegetarisk restaurant i haven mellem palmer og kaktus. Åh, hvor her er herligt ja! Jeg beslutter, vi bliver i 5 dage. Sørme! Koste hvad det vil. Pigerne får et stort dobbeltværelse på første etage, mens jeg snupper et enkeltværelse i stuen. Ikke noget med at sove sammen mere. Det er uholdbart. Jeg elsker stadig den lille dame, men det bliver på afstand. Alt andet er overgreb, og det vil jeg fandme ikke være med til. Trods alt. Man bliver klogere. (Må vi håbe.) Pris 9000 Soles, men det klarer vi.

Jeg styrer økonomien med hård hånd og lige for øjeblikket er der balance. Bare de ikke skejer ud, de unge damer, men vi får se. Stedet og omgivelserne minder mig om Schweiz, som er mit foretrukne land, hvis jeg skal sige det. Da vi lidt efter begiver os ud på Plaza des Armas med det spraglede folkefærd (indianere) og de smukke bygninger, er jeg ikke i tvivl om, at vi endelig er havnet det rette sted. Dog mærker jeg pludselig den tynde luft som et slag i brystet og stor åndenød. Rolig, rolig, tænker jeg, fordi mit hjerte begynder at pulsere hårdt og ubarmhjertigt, og jeg bliver også svimmel. Gudskelov ligger der en resturant eller thehus blot få meter fra, hvor vi står, og her falder jeg lettet ned i en stol og lader pigerne bestille. Tutti-Frutti i høje glas til Magdalena og jeg. Nathalia vil have en bestemt slags kage, som hun ikke kan få, for den er udsolgt. Så bliver hun sur og Magdalena får stenansigt og jeg bliver bare totalt forvirret af det spil, de hele tiden spiller. Jeg forstår det simpelthen ikke.

I vore nye luxus værelser sover vi til 14 og går så ud igen. Ned til Bolivar hvor vi møder en dansk fyr ved navn Jens, som viser sig at ligge inde med alle relevante oplysninger om Inca-kultur, som han gavmildt deler ud af. Jeg spidser ører, men pigerne virker fraværende. Bare vent, tænker jeg, til de ser alle disse fantastiske stenformationer, som det gamle kulturfolk opførte. Jens sidder sammen med to franskmænd. Den ene er blind med sin hvide stok. Han føres gennem Sydamerika af sin ven og kammerat. De er et særpræget og empatisk par, som udstråler en næsten overjordisk kærlighed til hinanden. En symbiose af sjælden art. Vi møder dem ofte, når vi går rundt i Cusco, og altid er de venlige og snakkesalige. De bliver vores gode venner.

Det blå aftenlys sænker sig over byen, som vågner op igen efter den lange dag i skarp sol. Vi render ind i nogle andre danskere (her er mange turister) og de gelejder os ned til soltemplet. Det meget berømte soltempel i Cusco, som til alles skuffelse og især pigernes, viser sig at være en bunke gamle sten, som det hverken er til at finde hoved eller hale i. Mine inuitkammerater begynder at kede sig, og det er kun med nød og næppe, jeg kan holde stemningen i kog. Jeg bruge næsen og finder hurtigt et marked med "ting". Ting elsker de. Især farvestrålende ting og det er der nok af her i Peru og især Cusco, hvor turistindustrien har fået godt fat. Det flyder med poncoer, perlekæder, hatte og udskårne træfigurer. De svælger i al ragelset og er ikke til at drive væk, før jeg finder fidusen og får lokket dem med ned til det berømte Gringo-street, hvor der er fest og løjer og først og fremmest sprut! Det hæver atmosfæren op over jordniveau. Deres øjne begynder at stråle i kap med den glimtende nattestemning, som de mange farvede lys i gaderestauranterne udsender. Hurra, tænker jeg, som hele tiden er afhængig af "damernes"stemningsleje. Nu går det godt igen. Det er som om mit humør er synkroniseret med deres. Når de er glade, er jeg glad. Når de er sure har jeg det ad helvede til. Især hvis Magdalena er sur er jeg ked af det. Hun betyder så meget for mig, jo. (Ja, en nar er du, og en nar vedbliver du at være. Holder det dog aldrig op? Som en forstyrret teenager, og du er fyldt fyrre. Fy fan for en fis.) Der bliver drukket nogle glas vin, mens vi forhandler om aftenens videre forløb. De elsker selskab og vil tilbage og finde den blinde franskmand og hans ven og Jens, som de siger, de savner. Den er jeg med på. Det er trods alt europæere og nemmere at være sammen med end disse gejle lokale mænd som kun har eet på programmet. At bolle mine to små søde englebabies. Vi går tilbage og møder dem i den samme restaurant, hvor vi forlod dem. De byder på Pisco Sour og foreslår, at vi skal spise middag sammen. Kun godt, tænker jeg. Det glider i den rigtige retning. Vi valser afsted kåde og glade. Et opløftet selskab lige efter min mening. Og får en stor skude spagetti i den Italienske restaurant med øl og ostesnacs og servile tjenere, som har et godt øje til de nordatlantiske tilstedeværende...

Danskerne fra soltemplet er ovre i en folkemusikrestaurant, får vi at vide af Jens. Der er trommespil, hvor alle kan være med. Jeg elsker at spille på tromme! Var med i et band en gang og bliver straks fyr og flamme. Mit drive inspirerer gruppens videre fremfærd ud i den sydamerikanske nat og snart er vi alle i gang med at spille på store bongotrommer, mens de lokale musikere akompagnere os med Andesmusik på rørfløjte og gamle strengeinstrumenter. Det hidser pigerne op, det gør det. Jeg kan mærke de begynder at blive vilde og min bekymring øges. Men der er ingen vej tilbage. Diskotek! Råber de i larmen, og så må vi i gang på dødsruten! Jeg finder et pænt sted med borde og servering.

Vores danske og franske venner bliver lidt, men så går de hjem. Stedet ser nu ud til at kede pigerne. De vil videre, og vi falder ind i en grotte, som er næsten helt mørk med små skumle røde lys nede ved gulvet. Musikken er øredøvende fra store højttalere i loftet, og Nathalia forsvinder på et øjeblik med en fyr, der dukker op som kaldet. Jeg bliver ved Magdalena. Nu skal hun ikke smutte! Det vil jeg ikke have. Jeg holder mig tæt til hende ude på det lille dansegulv. Hun danser virkelig med mig! Jeg danser, skæv som jeg er af de antihøjdesyge-tabletter, jeg tog, fordi de rådede mig til det i "Håndbogen". Jeg føler det som et gennembrud i mit forhold til hende, men det varer kun kort. Hun bliver budt op af en ung fyr kort efter og er væk. Atter vraget. Atter ensom. Jeg går hjem i de nattestille gader i den fremmede by og spekulerer som en gal på, hvorfor det altid går sådan. (Ha,ha,ha, narret igen, Nar!)

Klokken fem kommer Magdalena hjem til hotellet. Hun banker mig op og forlanger penge til at betale en taxachauffør, som står og venter bag hende. Jeg farer søvndrukken hen til mine ting og henter nogle sedler. Giver hende dem i hånden med et vredt tryk og beder hende om at fordampe. For helvede. Fuck off! tænker jeg, men lader det blive bag min hjerneskal. Man skal jo heller ikke brænde alle broer bag sig!

En halv time efter dukker Nathalia op og larmer højlydt og sparker til min dør, mens hun skriger og hulker i et væk. Så stilner det af, og nu vil hun have tændstikker til sin cigaret og får det og falder til ro. Der bliver efterhånden stille i deres værelse. Klokken er seks og jeg kan ikke sove mere. Er alt for oprevet over det hele. Forbander mig selv og min "store" kærlighed til den lille pige. Hader det hele og allermest denne altopslugende drift, som har besat mig, og ført mig ud i det veritable helvede, jeg lige nu befinder mig i. (Er det Poona og Bhagwan, der spøger? Tror jeg virkelig, jeg kan gøre lige, hvad der passer mig? Eller er det netop i mødet med disse to kvinder, at jeg endelig må give op og lade stå til? Det ser sådan ud. Desværre og gudskelov.)

Efter morgenmaden, som vi indtager i tavshed op ad formiddagen, kommer en hotelpiccolo hen og smisker sig ind på vores lille selskab. Han inviterer Nathalia på tur med ud i byen og kalder mig :"My friend" Jeg er ved at brække mig og siger OK. Hun vil have Magdalena med og går ind og vækker hende. Så tager de alle tre afsted, mens jeg bliver siddende og drikker hvidvand med brus og spiser yougurt pyntet med melon og ananas, mens jeg betragter en anden hotelgæst, som osse sidder alene. Han er stor og muskuløs med olieret hår. Han sidder over en øl og ser meget selvsikker ud. Hans udstråling råber "Mand", "Sexmand" og jeg mærker min egen utilstrækkelighed. Jeg slår simpelthen ikke til som "Mand" i denne verden. Er jeg da "Kvindagtig"? Er det det, jeg er. Er jeg "bøsse? Er det derfor pigerne gør nar ad mig? Fniser bag min ryg? Kører om hjørner med mig? Er det det? Men jeg føler mig hverken som bøsse eller kvinde. Bare som et ganske almindeligt sansende væsen, de kan kalde, hvad de vil. I øvrigt har jeg tyndskid.

Jeg føler det igen og igen. Hvad er det dog, jeg har gjort. At lokke disse to kvinder med mig til Peru i Sydamerika? Nå, men ligenu er vi flyttet fra Hotel Marquesos til Hotel Bolivar og det ser faktisk lysere ud. Der var for fint på det gamle kolonihotel, og personalet begyndte osse at se skævt til os. En omrejsende alfons med sine to luddere. Sådan følte jeg mig i alt fald. Og det var ikke godt. Lort, lort, lort.

Jeg sover resten af dagen væk, afbrudt af ustandselige besøg på toilettet. Skidtet fiser af mig som udløbet af en sifon. Jeg søger ned på en indisk vegetarisk restaurant, hvor jeg prøver at få noget ris og yougurt i mig. Der kommer to danske piger, vi har mødt i byen og besøger mig. De holder mig med selskab og har nogle mavepiller med som jeg tager. De kan

godt forstå min situation, tror jeg. Det er landsmænd, og derfor ligger der en implicit medfølelse i deres optræden. Vi har en god snak om det at rejse alene rundt i Sydamerika. De lader hensynsfuldt være med at dykke dybere ned i mit og pigernes forhold.
De tænker nok, vi bare er gode venner, og jeg lader dem blive i troen. De udstråler varme og venlighed, og jeg nyder endelig at være sammen med ukomplicerede mennesker (af min egen race).Nu osse racist? Hvad bliver det næste? Nazist? Pædofil? Svans? Lommetyv? Kriminel? Løgner? Svindler? Røvhul? Gadedreng? Pikansjos? Etc, etc. etc. Listen er uendelig. Jeg ser mig selv nedværdiget igen og igen til ukendelighed. (Meget interessant egentlig. Jo mere jeg lider, des mere liderlig bliver jeg. Jeg glemte vist masochist...) Hov, hov, hov! Der tippede balancen. Dét går jeg simpelthen ikke med til. Dér sætter jeg grænsen. STOP!

Det viser sig, at pigerne har lavet en aftale for aftenen med hotelpicoloen og hans venner. Det passer mig udmærket. Får fred fra de to furier, som for helvede sgu da ikke er mine børn. Hvad der begyndte som en spontan indskydelse oppe i Grønland i et polarkuldret forelskesøjeblik, er blevet til et mareridt, som jeg tager det fulde ansvar for. Når blot jeg ind imellem kan få lidt ro til mig selv.
  Kan slentre rundt i byen i min udmattede tilstand og måske finde et stille sted, hvor jeg kan sidde og nyde en kop urtethe.

Den næste morgen kommer Nathalia alene hjem til hotellet. Hun er stærkt oprevet og fortæller i stammende tempo, at Magdalena er "taget" to gange af politiet. Jeg forstår ikke hvad hun mener, men hun siger at Magdalena er blevet voldtaget og derefter taget med af politibetjentene i deres bil. Hun er forsvundet, siger hun og rokker ubeslutsomt rundt i værelset, mens hun ryster over hele kroppen. Jeg mærker hendes angst og prøver at hjælpe hende ved at trøste og foreslår, at vi tager hen til El Sol, hvor vi kender portieren og får ham til at ringe rundt til de forskellige politistationer for at finde ud af, hvor Magdalena er. Det gør vi, men uden resultat. Nathalia fortæller, at der har været stor ballade på et andet hotel, som Magdalena besøgte sammen med politibetjentene, og her har hendes søster smadret ruder. Nu bliver jeg bange. Situationens alvor går op for mig.
  Måske er hun kommet til skade og ligger et eller andet sted. Hvad skal vi gøre? Vi går hjem, og jeg aner ikke mine levende råd. Da jeg åbner døren til deres værelse ligger Magdalena i sengen og boller med hotelejerens søn! Han styrter forfjamsket ud, og begge pigerne kaster sig over mig, mens de skriger i munden på hinanden, at det er min skyld det hele. (Det kan de jo for så vidt have ret i.)
  Nathalia tager en svær hængelås, som hun bruger til at sikre sin bagage med og banker den hårdt ind i tindingen på mig. Det sortner for mine øjne et øjeblik, og jeg taber besindelsen. Jeg bliver rasende på de to fremmede væsner, som går til angreb på mig og råber af fuld kraft på alle mulige sprog, at de er helvedes fugle, som kun har ondt i sinde! Satan er I ! Gæsterne fra naborummene strømmer til hidkaldt af spetaklet. Så tager pigerne al bagagen fra mit rum og smider den ud ad vinduet og ned på gaden. Fanden stå I jer! råber jeg, idet de kommer imod mig med mord i øjnene og hager sig fast i min trøje. Jeg bliver rædselsslagen og når lige at krænge trøjen halvt af, før de med voldsom kraft slynger mig mod gulvet. Jeg tumler op og frigør mig helt fra trøjen og styrter ud og ned ad gaden forfulgt af de to gale kvinder. I det samme drøner en politibil op foran os.
  Betjentene danner kæde og forhindrer os i at komme videre. Så anholder de os alle.

De følgende fire timer tilbringer vi på stationen. Han har hash! Skriger Nathalia på skiftevis grønlandsk og dansk. Han er narkoman! Vi er hans fanger! Men dommeren, vi er fremstillet for, som sidder på en forhøjning bag en pult beklædt med det Peruvianske flag, forstår gudskelov ikke hverken dansk eller grønlandsk. Der udspiller sig en munter samtale mellem ham og de to betjente, som står ret i nypudsede uniformer ved siden af. Det er tydeligt, at de er tændt af pigernes erotiske skyts, for de smiler og ler og sender hinanden sigende grimasser.

Da Magdalena mærker det, går hun helt frem til den høje herre med den flotte kasket og sender sit mest bedårende blik op mod ham. Han ser spørgende på hende: -Very jaloux? spørger han, og hun nikker flere gange og smiler til ham. Det gør forskellen.

Jeg og Magdalena bliver lukket ud i det fri, mens Nathalia, som stadig skælder ud og råber op, bliver sat ind i detentionen for at køle af. Der sidder hun i to timer, mens vi venter udenfor på en bænk. Magdalena værdiger mig ikke et blik, og da vi alle er kommet hjem til vores værelser, som ligner en ruin, fortsætter Nathalia med at angribe mig. Hun tager en flaske og truer med at knuse den mod mit hoved, hvis ikke jeg skrubber af.

Nu er jeg flyttet til et rum langt fra deres, og så går alting nok meget bedre. Men jeg ved, at Nathalia er livsfarlig, så alle sejl må rebes på resten af turen. Det er en vanskelig sejlads på psykens oprørte hav, jeg her foretager mig! (Det tør vist svagt antydes, ikke? Jo, jo, jo og pis og lort. Kunne jeg slippe nu, så skred jeg fra det hele, men det gør man ikke i min verden. Har man sagt A må man osse sige B. Det er uomgængeligt. Som i en drøm. Hvor man heller ikke er herre over situationen. Hvor tingene bare sker. Som her.)

I nat sov jeg i mit nye logi. En fængselscelle oppe under taget med tynde papvægge, hvor naboens snorken trængte igennem helt ind bag mine trommehinder. Nu sidder jeg sammen med dem i absolut tavshed. Det eneste, jeg hører, er de små klik fra deres negleklippere. Jeg har været henne og veksle penge. Ville gerne rejse videre i dag, men det ser ud til, at de vil vente. Jeg købte en peruviansk rørfløjte i går af en mand, som fik mig overtalt, men jeg orker ikke at spille på den. Jeg vil forsøge, om jeg ikke kan bytte den i dag.

Vi må videre. Altid videre. Kan ikke blive i Cuzco længere. Det er for tungt med alle de problemer her. Inde fra deres værelse lyder høje stønnelyde når Magdalena er i gang med at bolle en eller anden fyr, hun har mødt. Fyr nr. gud ved hvad, så jeg ikke kan komme til at give besked til dem. Jeg stikker deres pas ind under døren og råber, at klokken 13 er der afgang! Nede på stationen, mens vi venter på toget, er jeg tavs og sammenbidt. Jeg må holde fast om trådene, og det er den eneste måde. De skal ikke tro, de bare kan rende om hjørner med mig. Jeg håber hele tiden, de får respekt.

Jeg tør gradvist op, efterhånden som vi kommer fri af Cuzco. Bliver næsten helt venlig og byder på en advocado, som jeg har købt. Bagefter går vi i buffetvognen og spiser frokost. Der finder vores lille selskab melodien igen, mens vi ad hårnålesving slæber os op over de irgrønne bjerge til Ollantaitambo. Det letter på trykket mellem os, at vi kører gennem yndige små byer omgivet af frodige lysegrønne marker med sneklædte tinder, som rejser sig majestætisk i baggrunden. Jeg bliver helt euforisk af al den skønhed og udbryder, at vi skal gøre holdt her på tilbageturen. Det synes pigerne osse. De sidder med næsen klemt mod ruden, mens toget aser sig tudende op langs de stejle klipper. Med ét styrter det ned. Regnen kommer i kaskader, der vælter larmende hen over toget. Klokken 20 når vi endelig Aguas Calientes, som er stedet med de varme svovlholdige kilder, man bader i. Vi står ud i

regn og kulde og finder gudskelov et lille herberge lige overfor stationen, hvor vi får to meget spartanske værelser. Stationscafeen er et skur som serverer øl og spagetti. Det huer ikke Nathalia, som bliver dårlig og går i seng. Jeg sidder lidt i tavshed med Magdalena, mens regnen trommer på bliktaget. Så spørger hun: – Hvorfor er du bange for mig? Jeg får et chok over hendes oprigtighed. Måske er det den silende regn og det triste sted, der får hende til at åbne op. Måske er det fordi vi nærmer os Machu Picchu. Jeg ved det ikke. Jeg svarer: - Du ved hvor meget jeg holder af dig. Det er derfor, jeg passer på dig. Jeg vil ikke såre dig.! Jeg elsker dig, Magdalena! siger jeg lavmælt. Hun smiler. Så rejser hun sig fra bordet uden at sige noget. Idet hun går over mod vores logi råber hun mod mig: "Inulima!"
Jeg sidder alene tilbage og forstår med ét, at hun netop ikke ønsker min beskyttelse. Det hænger hende ud af halsen! Hun vil tages, og det tør jeg ikke. Jeg vil ha hende og kan ikke ta hende! Hun har ret. Jeg er bange for hende. Dilemmaet er totalt, og min mave svulmet op af desserten vi fik. Tykke rompandekager og sort kaffe. Jeg vakler over og går i seng, mens den silende regn hamrer mod ruden i det iskolde værelse. Trækker det tynde tæppe op om ørene og falder i en urolig søvn her oppe i Andesbjergene.

Selvom vi er i god tid, kommer vi alligevel for sent til den første bus. Vi når lige netop at se den dreje væk fra stationen, idet vi kommer gående. Shit! tænker jeg, for den næste går først om en time, og så er der langt flere mennesker med. Nå, vi sætter os i stedet på en bænk og ser, hvad der sker. En dreng med to store hvide hunde dukker op, og hundene er legesyge. Magdalena springer ud og underholder sig med dem. De leger og løber efter hinanden. Jeg betragter dem på afstand og føler mig ældgammel. En far på rejse med sine to døtre. Det er et helvede, at måtte indrømme det, men sådan er det. Det er jo mig, som skal være i centrum og hoppe omkring og lege, synes jeg, men det kan jeg ikke, når jeg er sammen med pigerne. Så får jeg en særlig rolle, det er umuligt at komme ud af. Min jagt efter ungdommen gør mig til nar. Pis!
    Turister i store mængder dukker op. En hel skoleklasse på udflugt skal osse med bussen. Endelig viser den sig, og vi stiger ombord. Vi kører ad en vej op langs bjerget, som først blev anlagt for nylig. Oprindeligt, efter Hiram Bingham opdagede Machu Picchu, var her ingen vej, og man måtte tilbagelægge strækningen til fods ad smalle stier. Nu er der en fin serpentine snoet rute, som leder til den isolerede by højt oppe i fjeldet. Efterhånden som vi stiger, mærker vi trykket for ørene og ser dybt under os Urubambafloden sno sig mellem bjergkammene, der er mørkegrønne af tæt vegetation. Jo længere vi kommer op, des mere fjerner vi os fra civilisationen og ledes ind i en hemmelighedsfuld og skæbnesvanger verden.
    Endelig er vi der. Jeg forsøger at få os ind til studenterpris, men den går ikke! Vi træder ind i området. Her er meget, meget smukt! Ruinerne er som levende organismer, der blidt fører os rundt. Alt er meget markant i udtrykket. (Ingen tvivl. Klarhed.). Vi ledes hele tiden, som var vi behersket af usynlige kræfter. Skal man tale om skæbnefølelse, må det blive her. Pigerne beundrer stensammenføjningerne i murene. De føler på dem med hænderne og jeg kan se, de virkelig er interesserede. Deres fornemmelse for menneskeligt miljø fornægter sig ikke.
    De grønlandske rødder får fuld næring på dette organiske bosted. På kirkegården spiser vi tunfisk og brød ved den store offersten. Senere driver vi rundt fuldkommen betaget af sceneriet. Jeg tager billeder hele tiden og lader de andre gå i forvejen. En sten, som jeg

fejlagtigt tror er monolitten, bliver foreviget med mit gamle Olympus kamera. Dernæst et billede op over en lille bakke med Magdalena i siluet mod himlen. Idet jeg kommer derhen, viser det sig, at netop det sted, hvor hun er, står den rigtige monolit. Hun fandt den spontant af sig selv, mens jeg måtte lede efter den, for at kunne finde den. Det er hele forskellen på os to. Den tankeafhængige europæer mod det intuitive naturbarn.

Jeg vil tage et billede af hende med hendes "fund", og så er der selvfølgelig ikke mere strøm i apparatet!

Jeg sætter mig. Læner mig op ad stenen, mens mit blik glider hen over bjergene og ud i det uendelige rum. Skyerne driver opad mod mig med rasende fart. Det er morgensolens varme, der får dem i drift. Det er som at sidde ombord på en fregat midt i et slag. Dampen vælder frem fra klippespalterne som mægtige åndelige væsner. Jeg sidder helt stille og mærker jordens tavse bevægelse rundt om sin sol. Den astronomiske betydning af stedet strømmer gennem stenen ind i min krop. Jeg føler al min møje på denne rejse belønnet i dette ene øjeblik.

Så er det forbi, og jeg stiger af! Et festligt tysk ægtepar dukker op. Manden gør klar til den helt store filmsoptagelse. Hans næse er fin og lang ligesom min og hans øjne venlige. Han trækker en ledning til selvudløseren, så både han og konen kan komme med på filmen. De sætter sig netop der, hvor jeg sad og opsluges af deres iver for at posere foran det snurrende kamera. Pigerne dukker op og vi går sammen ned mod restauranten for at få noget at spise.

Grønland.

Jeg er her.
Sidder foran min skrivemaskine i det lille kontor på Sygehuset. Det er aften.
Færdig med dagens patienter. Mest ældre. De har et elendigt helbred i Grønland og det er jeg sat til at reparere på. Jeg holder af mit arbejde og er vellidt af befolkningen, men mærker ensomheden stærkere end nogensinde. Derfor skriver jeg, som var det et brev til en jeg kender rigtig godt. (For hvem skulle jeg ellers skrive til?)

Marie sidder på bænken i solskinnet. Hun rejser sig og bevæger sig ned ad skrænten. Ned bag det grønne hus og videre til sit eget gule. Hun er en lille kraftig kvinde i 50-erne. Hun bærer cotton-coat og har permanentet hår. Hele tiden ryger hun cigaretter. Hun er medlem af "Blå Kors". En afholdsforening i byen. Hendes søn er også medlem. Fordi han sidste år i beruselse skød et menneske. Han er fanger og meget selvbevidst. Fører sig frem med sin muskuløse krop og er Magdalenas bedste ven.
Magdalena kommer hen til mig på hospitalet for at se de nylavede pasbilleder. Hun har fået et blå øje. Jeg spørger hende, hvem hun har fået det af og hun svarer: - Mig selv! Jeg stiller ikke flere spørgsmål, men føler stor ømhed for hende. Volden i byen er stor. Jeg ved, hvor svært det er at begå sig her.

Jeg kan se ud over byen fra mit vindue. Det er søndag eftermiddag og helt stille. Det har blæst kraftigt de sidste par dage, men nu er der ikke en vind som rører sig. Frosten er på vej, og vinteren slår sig ned ned med fine iskrystaller i luften og tidlig mørkning. De små huse kryber sammen og trækker sig ind i sig selv. Det er tid til eftertanke.

Det er det sværeste, jeg har gjort i hele mit liv. Det kan ikke omgøres. Jeg rører ikke ved det mere. Jeg kan ikke tage tilbage! Hvad der er sagt er sagt og hvad der er gjort er gjort og står ikke til at ændres. Hvilke konsekvenser det vil have, aner jeg ikke. Jeg kan ikke foretage mig mere. Jeg har sat fra land. Jeg er færdig.
Jeg kan komme og besøge dig en gang imellem. Jeg kan sende børnebidrag, men jeg kan ikke tage hjem og bo hos dig. Jeg kan ikke lægge mit liv tilrette efter dit mønster og allermindst kan jeg underlægge mig den måde, du behandler vores barn. Det skaber konflikt og støj, som ikke er godt. Så er det bedre, jeg er væk. Så er der ro i det mindste.
Og det er det bedste for hende.
Jeg lever mit eget liv nu. Det er ikke altid lige morsomt, men det er mit. Skal jeg blive mutters alene resten af mit liv, så må det være sådan. Jeg vil ikke leve andre menneskers liv. jeg vil leve mit eget liv, og hvad der kommer ud af det, ved jeg intet om. Måske skal jeg leve sammen med 27 kvinder eller 25 mænd eller 450 børn. Jeg ved det ikke. Bare det er mit liv. Jeg er glad for mit liv, fordi det endelig er i live!

Mine øjne ser ud over jordskorpen. De søger ikke noget, men er i stadig kontakt med den. Nu og da får de øje på noget som fanger deres interesse. Nu og da får de øje på et strå med visne blade som bevæger sig i vinden.
    Det interesserer mig at skrive. Ordene kommer dumpende som små frø der lægger sig til at spire. Når jeg sidder med min lille bog og en ball-pen, eller ved skrivemaskinen og lader tankerne tale, har jeg det godt. Der er ikke flere problemer i verden. Livet går let og ubesværet. Efterhånden som "arbejdet" skrider frem, bliver jeg gladere og gladere. Når glæden ved at skrive bemægtiger sig mig, er de små forhindringer undervejs ikke noget, der gør mig træt. Tværtimod så ansporer de mig til at arbejde lidt mere i dybden med stoffet, og så kommer jeg videre. Videre og videre hele tiden. Ikke mod nogen ende, men mere som en evig proces. Ligesom himlen og jorden og stjernerne.
    Alting inspirerer mig. Et lille blad på jorden, og straks kan jeg skrive en roman. En lang historie om bladets liv og død. Alle historier handler om livet og døden. Begyndelsen og enden. Alt.
    Nu skifter jeg til en ny linie, og bare det at meddele, at jeg skifter til en ny linie er en opløftelse. Så ved jeg, at jeg er i gang med noget helt nyt, og det er befriende. Papiret er jomfrueligt, og alt kan ske. Det næste ord anes, men kendes ikke, før det er sat på plads.

Bækken.

Jeg kan simpelthen ikke have det bedre end her ved den lille bæk, som løber afsted ganske fredsommeligt og rislende lydeligt. Det giver sindet fred. Åh, hvor er her herligt! Det er en gave. Det er også en anstrengelse, men anstrengelsen er melodiøs. Det er svaret i vinden på alle mine spørgsmål. Det er den berøring, som hele tiden finder sted. Som er evigheden her og nu. Som beskrives af mig, mens jeg trækker vejret og gaber og er lidt usikker på, hvad jeg skal sige. For inderst inde føler jeg ikke, at jeg er beskikket til at sige noget. Jeg er jo bare en stemme, en mund som så mange andre. Men jeg har øjensynlig noget at skulle have sagt.

Ikke en tale som man holder for en flok konfirmander. Det er det ikke. Heller ikke et skrig eller et råb. Ikke nogetsomhelst. Men hvadsomhelst.

Det er lige som musik. Som tavsheden der taler gennem mig. Det er ikke mig selv, der taler. Det kan være hvemsomhelst.

Naturen siger aldrig et ord. Bjergene i det fjerne siger ingenting. Moskusskindene oppe på vandtanken er tavse og statuen af Knud Rasmussen står bare og glor. Husene er stille, og stenene ligger hver for sig på deres plads og venter på ingenting. Ikke et ord fra dem.

Den eneste lyd kommer fra bækken. Den pludrer som tusind legende børn i eet væk. Jeg vil gå hen og lytte til den.

Så er jeg ved bækken. - Hov! og har sat mig i en klat jord, som går op gennem bukserne, så de bliver våde. Det tager vi helt roligt! En plasticpose medbragt til samme formål gør det ud for bænk på den våde græstue. Bækken løber fra en lille forhøjning, der er ca 5 meter fra mig skråt til højre for derefter at slå et sving til venstre ned forbi mine fødder. Undervejs passerer den store og små sten i forskellige brune, grønne og rødlige kulører. Bækken selv er livlig. Den har travlt, men er bestemt i sine bevægelser. Den er fuldstændig klar over, hvad den vil. Den bevæger sig ikke på må og få, men nøjagtigt, afmålt og præcist i forhold til omgivelserne. Her og der sender den små sprøjt ud i luften, men stort set flyder den i een samlet strøm nedad. Nedad mod fjorden. På vejen fortæller den sin historie.

Hvad er så bækkens hemmelighed? Dens hemmelighed er svær at uddrage, fordi den pludrer, ligesom et barn pludrer. Blot at sidde her og forvente, at man skal få en "samtale" i stand uden selv at gøre en indsats, er meget naivt.

Hvad skal man da gøre for at tale med denne bæk? Man kan henvende sig til den på mange måder, men den, der sansynligvis bedst vil føre til en "samtale", er nok den lyttende og moderat kommenterende attitude, som jeg så småt er ved at finde frem til her. Det er ikke provokation der behøves, men nærmere en form for samstemthed som medfører forståelse.

Bækken og jeg begynder at forstå hinanden og en samtale finder sted. Man kan mærke det på, at den begynder at blive levende. Hvor den før var et eller andet tilfældigt vandløb, bliver den nu en levende struktur i terrænet. En åre. Ja, man kunne nok kalde den en kilde i stedet for en bæk. En kilde til noget. En kilde, der vælder ned ad. Et kildevæld.

Det er et sted, der kommer vand fra. Et udbrud af vand, som her kommer til syne, hvor det tidligere var skjult under jorden eller sneen.

I sit løb har den en fantastisk evne til ligne eller være i omgivelserne. Det er nok bækkens fornemste egenskab, at den, samtidig med den underkaster sig omgivelserne, alligevel bryder frem, igennem og ned. Den har et forhold til omgivelserne, som er i usvigelig balance.

Dens funktion er at føre vand, rense og bryde ned. I det øjeblik jeg har nået tavshedens forståelse med bækken, har jeg kontakt med hele det kosmiske forløb. Da kan jeg mærke, hvorledes bækken bearbejder mig, lige som den bearbejder sine omgivelser. Det er en stadig renselse, som bringer ned mod en stilstand.

Er denne stilstand da en form for død? Måske. Jeg ved det ikke. Jeg ved kun, hvad bækken fortæller mig, og den er sandelig ikke død!

Nogle partier af bækken bevæger sig ikke direkte ned, men over i en lille stillestående sø, og her vil jeg se, hvad der sker.

Jeg ser et spejl. Hvor jeg i bækken ikke kunne se nogen form for spejling af himlen, så kan jeg se, at der, hvor bækken løber ud i den lille sø, er himlen spejlet, og omgivelserne, bjergene, græsset og stenene spejles nok så klart og tydeligt i det stillestående vand. Det er en helt anden kvalitet. Det stillestående vand har en helt anden kvalitet end bækken. Det er reflekterende. Det reflekterer, det bryder ikke ned. Det omdanner ikke. Laver ikke om på tingene. Det er bare, og er derfor refleks.

De ord, som strømmer ud her på papiret, er en bæk, som strides med omgivelserne, der er mig. De ændrer på omgivelserne, omformulerer omgivelserne fordi de ustandselig møder modstand. Omgivelserne må vige for disse ord. Må bøje sig, må flytte sig, må lade sig afslibe af disse ord og til sidst vil de have rettet sig ind, så der opstår en balance mellem mig og ordene.

Det er ikke sket endnu. Men bækken bryder frem og bryder ned, og disse ord bryder også frem og ned. Til stadighed arbejder de i mig som et kildevæld, der hele tiden søger at bane sig vej.

At udtale sig om tilstanden når ordene ikke længere møde nogen modstand er vanskeligt. Når ordene endelig har fundet deres plads, så ændrer de ikke på omgivelserne længere, men reflekterer omgivelserne. Så er ordene og omgivelserne eet. Så er det der bliver set, og det der bliver sagt, det samme. Så er der samklang. Ordene bliver ikke selvstændige væsner, men alligevel en slags selvstændige væsner, fordi de reflekterer et selvstændigt væsen absolut. De bliver væsnets stemme.

I sig selv har ord ingen betydning. De er blot streger. Tomme. Uden mening. Der må være lyttekvaliet over ordudtalelsen for at den skal have mening. I det øjeblik, ordene ikke har lyttekvalitet, har de heller ikke meddelelse. Så er det tom tale. Tom snak. Det punkt når man, når bækken ikke længere er påvirket af tyngdekraften. I det øjeblik tyngdekraften holder op med at virke, vil bækken ikke længere bevæge sig. Den vil stivne.
Øjeblikkelig stivne i lige netop den stilling den var, da tyngden hørte op med at eksisterede.

Så er der ikke mere. Når tyngden går af ordet, mister det sit liv. Lige som livet er fuldstændigt afhængig af solens lys og stråler, så er det også afhængig af sin tyngde. Livet eksisterer ganske simpelt mellem lys og tyngde.

Lyd af rislende vand...

Mit liv er i gang. Det er aldrig "begyndt" nogensinde. I mors liv var der fredeligt og stille. Man hørte kun hjertets milde banken. Som en flod, der gled forbi min mave, løb den store pulsåre og varmede mit kolde endnu ufødte sind. Jeg er glad for, at ingen så mig den gang. Man ville ikke have kendt mig overhovedet. Jeg var blød og bar og helt uden tanke. I dag er jeg anderledes. Fyldt til randen med skidt, der ustandselig vælder ud af mig. Jeg er som en overfyldt skraldespand. Rundt omkring mig ligger ligene af alle de mennesker, jeg har dræbt. Jeg dræber gennemsnitlig tre til fire mennesker daglig. I dag Susanne og Markus. I morgen Esther og Kaj og Irene. Nej ikke Irene, for hun er ved at blive blind og det er ikke min skyld! Hun har diabetes og det går bare lige så stille ned ad bakke med hende. Hun var en gang en meget smuk ung pige, som jeg forførte. Jeg hev hende ind i den mørke kældergang, trak bukserne af hende og voldkneppede hende koldt. Jeg elsker at voldkneppe. Jo mere vold og hårdhed des bedre. Men sådan var det ikke altid. Engang var jeg et stjernebarn. Det er længe siden. Meget længe.

Den gang Hurdy Gurdy spillede. Den gang vi dansede som aldrig før. Alle mennesker dansede. Det var een bevægelse. Men som det altid går, blev det hurtigt til nostalgi. Nu er der ingen der danser mere. Man går i terapi og prøver at lære at danse. Hør lige ordene: "prøve" og "lære". Den går ikke, vel? Men sådan er det faktisk lige for øjeblikket. Ad helvede til med alle disse opsplitninger som den menneskelige tanke skaber.

Hvornår kommer den katastrofe, som udsletter os alle? Det er et spørgsmål om tid. Det er spørgsmålet, om tanken skaber hele denne forrykte verden vi lever i? Tilskuere er vi til vores egen undergang, som vi betragter med stupid nysgerrighed, som var vi vidne til et automobiluheld, intet anende, at vi selv er hovedaktør i hele affæren. (Corona)

Det er regnvejrsdag i Århus. Mor ligger på sygehuset med kraftige veer.
Jeg sidder mageligt henslængt i en gammel lænestol, da telefonen ringer. Jeg løfter røret og hører den kendte, venlige stemme (min ven) : -Du skal til at afsted, siger den. Jeg smiler ved mig selv og svarer, at selvfølgelig skal jeg det. Jeg retter mig op i stolen, og idet min ven beder mig løfte fødderne et lille stykke fra jorden, kommer suget og jeg slynges (ikke ubehageligt) nedad med stadig større fart. Med eet er jeg væk og i det samme er jeg født!

Jeg var ikke ret gammel, før jeg begyndte at gå. Min mor havde mange gange bedt mig om ikke at forlade mit hjem, men jeg kunne ikke dy mig. En dag måtte hun hente mig langt nede ad Jagtvejen. Hun blev ringet op af politiet, der sagde, at de havde en lille vred herre på stationen, som ville tale med sin mor. Da mor kom i røret, var jeg først meget ophidset over at være taget af politiet. Jeg mente, jeg var stor nok til at klare mig selv. Jeg var tre år! Hun beroligede mig, men det var slet ikke beroligelse, jeg savnede. Det var kærlighed.
Det vidste jeg imidlertid ikke. Jeg troede min mor rummede alverdens kærlighed. Hvordan kunne det være anderledes? Hun kom ned og hentede mig, og jeg fik en enorm iskage som belønning. Min far så jeg aldrig noget til. Jeg ved ikke hvor han blev af. Måske har han slet ikke eksisteret. Min mor talte i hvert fald aldrig om ham. Jomfrufødsel?

Den iskage glemte jeg aldrig. En slikmund blev jeg. Spiste lækkerier i store mængder og vejede indtil for nylig over ethundrede kilo. Så begyndte jeg at ryge pot. Det gik der mange år med. Et langt sygt trip har det været. Nu er jeg holdt op og indser, hvor tåbeligt det var. Dog har jeg aldeles mistet min hukommelse, men det er i grunden ikke så galt, for med den i behold havde jeg nok ligget på en sindssygeanstalt i dag.

Drikker urtethe og er i øvrigt meget påpasselig med, hvad jeg hælder i mig. Jeg er meget sensibel og tåler ikke for store doser af nogetsomhelst. Slet ikke narkotika. Er altså på en måde kommet tilbage til udgangspunktet her i min lægeklinik på den yderste pynt oppe i Grønland, hvor jeg sidder hver dag efter den sidste patient og skriver disse ord og sætninger, som jeg ikke aner, hvor bærer hen. Men det er også ligemeget. Ja, det er det sgu!

Blomsterne, stenene, solen. Fjorden, endnu belagt med is. Fjeldene og mine gummistøvler. Mig selv og Ferdinands solbriller og mine handsker fra Kina. En flue, der kryber hen mod de violette blomster, der dufter af honning. Grenene med lysegrønne blade. Fluens summen i luften og vinden, der får de små græsstrå til at ryste og dirre. Fluen, der sætter sig lige foran mig og kryber ned, helt ned i lyngen og sidder og lader solen bage sin krop. Vinden som blæser og stenene, som bare ligger helt stille, og strået der vibrerer. Langt bag mig suset fra elven, der bryder op. Og solen der varmer og stilheden. Stilheden i dette øjeblik. – Det vigtigste af det altsammen: Stilheden.

Befriet for enhver menneskelig påvirkning ligger landet hen. Åbent og ærligt. Tingene sker uden årsag. Uden at være udtænkt. Vinden blæser, og elven fosser, og fluen soler sig nede i mosset. Og min mund bevæger sig, og min krop strækker sig, retter sig ud og falder til ro. Mine tanker falder til ro omgivet af freden og stilheden. En fuldstændig ligevægt som jeg må overgive mig til.

I angsten for mit ophør vågner jeg. I denne angst for at blive væk.- Jeg tør ikke blive væk. Jeg er bange for at blive væk. Fra min mor. Fra min ukendte far… Fra min menneskeslægt. Fra de andre… Jeg kan ikke se, at alle andre har det på samme måde. At vi allesammen er bange for at blive væk…

Vi knytter os til hinanden og binder os sammen med alle mulige psykologiske arrangementer. Vi laver "orden" i vores forhold og lover repressalier, hvis ikke det går. Vi aftaler ting med hinanden. Hvis det ikke forløber som aftalt, bebrejder vi hinanden eller os selv, at det ikke gør. Der skal være plan i det, orden i det, lige linjer. Vi vil sikre vores tilværelse. Vi vil ikke løbe den risiko, at vi dør. At vi skulle forsvinde. Blive sten, støv og aske. Det vil vi ikke.

Vi er bange for at miste os selv. Jeg er bange for at miste mig. At jeg skulle forsvinde. Blive væk. Blive ingenting. Alt det jeg tror om mig selv, alt det jeg forestiller mig; at det skulle blive til ingenting. Det er jeg bange for; at det altsammen bare skulle være ord. Eller tanker. At i virkeligheden var der ingenting; slet ingenting. Højst en bevægelse. En bevægelse i luften. En forstyrrelse. Et stadigt forsøg på at løbe hen mod noget som ikke eksisterer. En basken omkring efter ting som ikke er der. En råben og skrigen. En støj. En uro. Det er mig. Jeg er en støj som opretholder sig selv. Jeg opretholder mig selv. Jeg er kun den støj. Jeg er ikke andet.
Jeg snakker. Jeg er en snakker. Jeg har altid snakket. Jeg snakker til hvem, der gider høre, og når der ingen er, så snakker jeg til mig selv. Så tænker jeg.
Jeg tænker hele tiden mig selv. Jeg tænker hele tiden på mig selv.
Jeg tænker hele tiden, hvordan jeg bedst kan opnå, det jeg har sat mig for. Det jeg ønsker mig. Som opretholder mig. Som bringer mig lykke. Som bringer mig tilfredshed, ro og afslappelse. Jeg søger hele tiden. Allermest søger jeg en kvinde, som kan give mig det. En kvinde som vil ligge ved min side hver nat og varme mig, for jeg fryser. Jeg fryser ad helvede til. En kvinde som vil nusse og pusle om mig og få mig til at føle mig hjemme. For det er et hjem, jeg søger. Jeg er alene og søger et hjem på denne jord. Sammen med en kvinde. Det gør jeg altså…

Men det skal ikke være hvilken som helst kvinde. Det skal være en ganske bestemt kvinde.

Den bestemte kvinde. Hende der er bestemt for mig. Ikke hende jeg bestemmer mig for, og hun skal heller ikke bestemme sig for mig. Det skal være den kvinde, der føler at hun er bestemt for mig og som jeg føler mig bestemt for.

Så behøver jeg ikke at tænke længere. Så er støjen, som er råbet og skriget ophørt. Så behøver jeg ikke at gøre noget mere. Hvis hun eksisterer, må hun findes og hvis hun findes, er hun der, og så er den ikke længere.

Og hun findes, det ved jeg. Lige her for næsen af mig. Jeg så hende i går sidde sammen med en patient nede i Sygehusets aula: Magdalena!

Jeg går hen til hende og siger: -Det er dig! Du er den jeg elsker, men hun siger: - Jeg ved ikke hvad du taler om.

Jeg ved ikke, hvad hun tænker og jeg ved ikke, hvad hun føler. Jeg ved ingenting

Men jeg kan ikke gøre noget, for jeg har sagt til hende: - Det ER dig. Fordi jeg tror det. Fordi jeg ikke kan tro andet.

Jeg har altså gjort, hvad jeg kunne. Sagt hvem jeg er. Har vist mig selv. Jeg kan ikke være anderledes end den, jeg er nu. – Hvordan i himlens navn skulle jeg kunne andet? Og så sniger tvivlen sig alligevel ind. Skjuler jeg noget for mig selv? Skulle jeg tage et andet sted hen? Bør jeg foretage mig noget andet? Men jeg ved ikke, hvad jeg så skulle foretage mig. Skulle jeg tage tilbage til Fyn? Skulle jeg tage tilbage til min kone? Men jeg sidder her, hvor jeg sidder og kan ikke sidde andre steder. jeg sidder jo midt i mig selv lige her og hvem skulle flytte mig tilbage til Fyn? Hvem!

Det skal din kone!

Hvorfor skal hun flytte mig derhen?

Fordi hun er bestemt for dig!

Men jeg vil ikke hjem til hende. Det er en gammel historie!

Men jeg SKAL hjem til hende!

Hvem siger, jeg skal hjem til hende?

Det siger hun.

Siger hun, at jeg skal tage hjem til hende?

Ja!

Hvorfor SKAL jeg tage hjem til hende?

Fordi jeg skal hjem og hjælpe hende.

Med hvad?

Med gården og det barn vi har sammen.

Er hun bestemt for mig?

Er vi bestemt for hinanden?

Er det det, det drejer sig om? – For så skal jeg ikke være her længere. Så skal jeg rejse til Fyn. Hvorfor skal jeg rejse til Fyn? Jeg vil ikke rejse til Fyn! Jeg SKAL rejse til Fyn og der skal jeg møde min kone, som er bestemt for mig og hende skal jeg være sammen med resten af mine dage. Sådan er det!

Hvem siger det?

Er det sandheden?

Er det SANDHEDEN?

Ja, men, hvad så med mig selv? Hvad med mine drømme? Hvad med mit liv? Jeg skal også

skrive! Det kan jeg ikke gøre på Fyn. Jeg kan ikke lide det. Jeg kan ikke lide at være på den bondegård. Jeg kan ikke lide min kone. Hun kommanderer med mig. Hun bestemmer over mig. Jeg vil være mig selv. Vil ikke være sammen med hende. Hun forstyrrer mig. Hun roder rundt i mit liv. Hun klipper ting ud og tager ting fra. Hun siger, at sådan skal det være og sådan skal det ikke være. Jeg får ikke et ben til jorden. Kan bare sidde deroppe i det lille kolde loftsværelse og fryse. JEG VIL IKKE SIDDE OPPE I DET LILLE KOLDE LOFTSRUM OG FRYSE! Jeg vil sidde her, hvor jeg sidder nu. DAVA!
Stilhed. Lang tid.
Hvem siger noget nu?
Ikke en lyd. Jeg er helt alene. Helt AL ENE.

Jeg er bange. Bange for at træffe beslutninger, der udelukker andre ting. Jeg vil helst være helt åben. Helst have mulighed for at gøre ALT hele tiden. Jeg hader endegyldige afgørelser, for det giver mig ansvar og jeg hader at have ansvar. Jeg vil stå frit, kan ikke have ansvar for nogen eller noget.

Mine handlinger er det væsentlige. Ikke mine ord. Mine ord kommer ud af mine handlinger. Handlingerne kommer ikke ud af mine ord. Det er ved gud rækkefølgen. Det kan ikke nytte noget, at jeg først siger noget og så bagefter gør det. Nej, først gør jeg noget og så kan jeg bagefter komme og fortælle om det. Lige for øjeblikket har jeg faktisk gjort noget. Jeg har meddelt mig, og ikke blot har jeg meddelt mig. Jeg har været her og jeg er her og vedbliver med at være her på de givne betingelser. Jeg ved ikke, hvor jeg skal hen eller hvad, der skal ske, og det er osse ligemeget. Du kan tigge og bede mig på dine grædende knæ, men jeg tager ikke tilbage til dig!
Her må jeg være. Her har jeg mit liv. Her har jeg min lyd og min stemme. Her og nu.

Hun ligger oppe på kirkegården, men derfor kan man da godt skrive om hende, ikke? Det er der vel ikke noget i vejen for. Selvom hun er død, kan man da godt opfatte hende som levende, ikke? Altså i tankerne, for hun er trods alt min mor, selvom hun nu ofte var lidt forvirret. Alligevel var hun min bedste ven. Jeg mødte hende første gang, lige da jeg var blevet født. Hun havde stjerneøjne. Blå. Dybt sortblå, og jeg græd. Tårene stod ud af mine øjne og ud af min krop. Den hulkede. Åndedraget blev dybere og sank helt ned i min mave. Her blev det en tid og varmede min sjæl, men det måtte ud og så begyndte det at tale. Lyde. Først lyde, men senere ord. Smukke og grimme lyde. Smukke og grimme ord.
Som hakkede virkeligheden ud i bittesmå stykker, som sidenhen blev sat sammen til stavelser, sætninger og sprog.
Nu er jeg færdig med hende. Jeg sendte hende et brev, hvor jeg bad hende om at gifte sig med mig og da hun nægtede, sendte jeg hende ud på hendes livs sidste og sværeste rejse: At dø.
Hun er død nu, skønt hun sikkert lever i en eller anden skikkelse et eller andet sted i verden. Men det er mig uvedkommende. Hun fødte mig og det er nok. For det er jeg hende uendelig tak skyldig.

Ligenu er jeg 40 år gammel. Meget sikker på mig selv og netop gift med verdens mest vidunderlige kvinde. Vi har et barn sammen. Et smukt barn med blå øjne og lyst hår. Vi holder meget af at plukke kantareller i skoven. Vi har også heste. I stalden er der lort, som jeg muger ud. Jeg nyder at gå med trillebøren ud til møddingen og losse det ene læs efter det andet ud over kanten. Jeg ser hen over markerne og op i himlen. Her er smukt og kragerne larmer. Om aftenen sidder jeg og ser en film i fjernsynet. Det flimrer, men jeg kan se, det handler om havet. Et stort bølgende hav. I solnedgang. Helt rødt og oprørt. Det er et forlis, jeg ser. Op af bølgerne stikker en mastetop. I vandet ligger en mand og er ved at drukne. Der er også mange fisk som springer i overfladen og under vandet. Alt er levende. Et mylder af fisk i store stimer. Røde, gule, blå og sorte. Deres finner stråler i et sært lys som skræmmer mig. Scenen skifter og jeg bliver vidne til et drab. En mand svinger en økse over en ung kvindes krop. Idet han lader den falde, letter en stor ørn fra hans ansigt og flyver bort. Han ser på kvinden. Hun er død. Hovedet er skilt fra kroppen. Han går ind i huset under en blodrød himmel. Pigen løfter sit hoved op på sin krop. Smiler til kameraet og går ind i huset.

Et stykke tid efter kommer de ud sammen. Hånd i hånd og glider som to skygger væk bag bakken.

Jeg slukker for fjernsynet og går i seng.

Sydamerika.

Endelig fred. Jeg er sammen med to sindssyge piger, som ikke en gang kan stille nogle flasker på plads. Fandens osse! For helvede! Vi kan ligeså godt tage tilbage til Grønland med det samme. Det her fører ikke til en skid! Bare jeg var fri for de to tossehoveder. Om lidt kommer de tilbage og vil have mad. Nå, men vi skal jo leve. Om jeg snart orker det mere...

   Vi spiser kylling med ris og frugtsalat, som de mæsker i sig. Spise kan de! De nærmest æder, og når de er færdige, bliver de sure. Jeg sender dem i forvejen, for jeg kan ikke holde det ud mere. Må være alene for enhver pris. Spadserer på må og få lidt rundt her i Machu Picchu og finder den berømte Kondor som inkaerne har udskåret. Fantastisk mesterværk!

   Jeg burde være alene på denne tur. Denne min "store" forelskelse i Magdalena er efterhånden ved at drive mig til vanvid, men jeg hænger på den. Rejsen og forelskelsen, hvad så end det vil sige. Drift? En dejlig iskage giver mig dog nogle minutters nydelse, mens jeg går ned mod bussen, hvor pigerne venter.

   I aguas Caliente står vi af og stiller vores rygsække i depot i en købmandsforretning, for nu skal vi op til de varme kilder og i bad!

   Turen går gennem tæt vegetation langs en lille elv. Her er helt stille og luften er kølig og ren. Kilderne løber i niveau-forskudte bassiner, hvor de laveste er de køligste og de højestliggende, der hvor den vulkanske vandstrøm udmunder, de varmeste. Det lykkes mig at lokke Magdalena ud i et af de nederste. Hun ligger og skvulper i overfladen med sine smukke bryster, som jeg har svært ved at få øjnene fra. Vandet er svovlholdigt og skulle være godt for huden. Udsigten her fra bjergsiden er betagende med de isklædte Andes kamme omkranset af et netværk af grønne planter og træer.

   Ved siden af omklædningsrummet ligger en bod, som sælger coca-the. Jeg køber til mig og Magdalena, og længe varer det ikke før erotikken får overhånd. Jeg sniger mig gennem det varme vand hen mod hende i karret. Hun fniser og trækker sig væk. Jeg prøver igen, men så giver hun mig et spark i maven. Jeg bliver sur (idioten forpasser atter en chance), og så er vi lige vidt. Nathalia har menstruation og vil ikke med. Hun sidder på en bænk og ser gnaven ud, men hvad rager det mig? Jeg skal have vasket hår og det skal Magdalena osse. Vi masserer hinandens hovedbund og skyller efter i en elv med iskoldt vand. Det minder mig om mine vinterbade hjemme i Danmark, og jeg føler mig tyve år yngre. Yes! (Idiot igen).

På vejen ned render vi ind i danskerne, vi mødte i Cuzco. De skal osse bade, og vi skynder på dem, for badet lukker snart. De har ingen Soles og jeg må punge ud. Hele tiden må jeg punge ud. Holder det dog aldrig op? Nå, og så skal de spise igen, men jeg er nu osse sulten, og vi indtager et formidabelt måltid advocados fyldt med dåsesardiner og fintsnittede løg siddende i græsrabatten ved banelinien. Uhm, og noget sødt brød fra stationsbutikken. En stor fed politibetjent står og skuler over mod os, mens vi sidder på jorden og spiser. Hans store seksløber i bæltet fanger pigernes øjne, og han kommer over og spørger om de er japanere. Jeg fortæller, at de kommer fra Grønland, og det ser ud til at rage ham en skid. Det eneste han er interesseret i er at beglo pigerne.(Hykler, hykler, hykler!) Gudskelov kommer toget lidt efter. Vi pakker sammen og springe op i en overfyldt kupé med indianere, som slæber på kurve med levende høns og store bundter cocablade. Der er også en skoleklasse. En hel flok drenge i pubertetsalderen, som straks kaster begærlige blikke op og ned ad "mine" to kvinder. Dog er interessen ikke gensidig. Der er trods alt grænser!
Vi kører og kører i 4 stive timer ned mod lavlandet og junglen. Der bliver efterhånden tomt i toget, og til sidst er vi helt alene. På endestationen venter en lastbil, som bliver det næste transportmiddel. Det er den eneste måde at komme videre på, og vi hopper op på ladet af den store maskine, som drøner afsted på mudrede veje i øsende regnvejr. Skoven og de sumpede omgivelser vækker i pigernes fantasi mindelser om slanger og farlige dyr. Selvom jeg beroliger dem, kryber de nervøst sammen i et hjørne af ladet og vil ikke snakke med mig, før jeg lover dem at finde et ordentligt hotel i byen, når vi når frem.

Hotellet i Quillabamba er ældgammelt og fugtigt med en gårdhave i eet virvar og tusind kakkelakker! Det hedder Comercia, og der indskriver jeg os som en samlet familie i receptionen. En lille indtørret indianermand med verdens største gebis, som hele tiden klaprer og smasker, når han taler, tager imod. Pigerne står og gemmer sig bag mig og ser slukørede ud. De vil ikke ind nu, men vil ud og spise. Jeg orker heller ikke at gå i seng allerede i disse omgivelser, så vi begiver os afsted ud i byen. Det er sent og det regner uophørligt. Vi må tage til takke med det første det bedste sted. Et særpræget etablissement under plasticplader, som ikke yder meget beskyttelse mod regnen. Vi sætter os på vakkelvorne stole omkring et klapbord under et blinkende neonrør med ækelt grønt lys. På væggene sidder kakerlakkerne så tæt, at man skulle tro, det var tapet! - Her slå vi os ned, siger jeg forsigtigt . - Satan! siger Nathalia. - Det er hvad du byder os! Magdalena sidder med tårer i øjnene og tilføjer: - I det mindste kunne du sørge for noget ordentlig mad. Jeg knipser med fingeren og en skummelt udseende tjener nærmer sig slesk vores bord. – Vi er ved at lukke , men I kan få, hvad vi har tilbage, siger han. -Ok, så bring mad til mig og mine søstre, svarer jeg. På få minutter får han fremtryllet det mest afskyvækkende måltid vi nogensinde har set. Det består af fingertykke makaronistykker udkogt i en puslignenede gul sovs, samt en halv kylling med fjer! Duften af brændt gummi hænger over bordet. -Pyha, det gider jeg ikke æde, siger Nathalia. - Køb nogle øl i stedet for, siger Magdalena. Vi nedsvælger hastigt 4 helliters øl og skrider. Selvfølgelig uden at have rørt vores mad.
På gaden hører vi dansemusik. Der er skolebal i et aflangt lyserødt lokale og hidsige salsarytmer strømmer ud. To halvvoksne piger hiver os indenfor og byder på saftevand, og

det varer ikke længe, før det syge måltid er glemt. Pigerne kapres af pomadeskinnende unge fyre, mens jeg bliver budt op til dans af en ærbar lærerinde med hornbriller. Nathalia begynder at kede sig. - Det er børn, det her, siger hun. - Skal vi ikke se at komme videre. - Jo, jo, men Magdalena ser ud til at være faldet godt til. Se hun danser derude, siger jeg. - Jeg gider altså ikke være i den børnehave længere! svarer hun. Går ud på dansegulvet og hiver sin søster væk fra den unge fyr, som står måbende tilbage. Derefter skrider vi.

Længere henne ad gaden er der osse fest, og meget større! En stor hal er fyldt til bristepunktet med mennesker. Hele byen er samlet for at fejre, at det endelig er blevet lørdag. Der er mindst 500 indianere og spaniolere i een pærevælling. Musikken koger, og folk danser euforisk rundt og klapper i hænderne og stamper i gulvet og opfører sig i det hele taget, som var de på speed! Det smitter, og snart er vi ude i vrimlen og omfavnes af de glade menneskers høje humør. Jeg bliver ustandselig spurgt af fyrene om de må danse med pigerne. De tror vist, jeg er deres far! Men fuck det! Vi har det dejligt, og det er det vigtigste. Klokken tre er vi kvæstede og slingrer hjemad gennem dunkle gyder med forskellige fejltrin, før vi endelig finder vores vidunderlige hotel "Comercia" hvor vi kaster os på hver sin seng i den fugtige hede, mens vi lulles i søvn af knitrende lyde fra store sorte fluer og blåskinnende kakerlakker på evig jagt efter mad og parring!

Jeg står tidligt op og finder et bedre hotel. Det ligger tættere på centrum og hedder Hotel Cuzco. Det er noget andet end det lortested, vi sov i nat. Vi nyder, hvor rent her er, og jeg sluger den 3 dobbelte pris uden at kny. Alt for damerne. Selvfølgelig. (Man bærer ikke nag her i huset). Nu er vejret osse bedre. Det regner ikke mere. Solen skinner varm og mild fra en lyseblå himmel og jeg går på markedet og køber to store fuldmodne ananas for bare 2 kroner! Men her er meget fugtigt og sveden perler på kroppen ved mindste anstrengelse. Vi tager kold dusch hele tiden for at holde kropstemperaturen nede og lægger os midt på dagen.
Først om aftenen bliver det køligt med fodboldkamp på det lokale stadion, hvor den brune jord sparkes op af ivrige støvler under råb og skrig. Efter kampen byder spillerne på sodavand og små runde kager bagt i olie.
En lastvogn tager os hen til en plaza med lysegrønne træer og legende børn. Vi spiser på fortovsrestauranten ved et rundt bord i en opmuret bås og får endelig noget ordentlig mad! Kyllingen og fritterne dufter indbydende. Tænderne løber i vand, og Magdalena og Nathalia gnasker vellystigt helt ind til de rengnavede knogler på inuitmanér. De store helliters Peru-øl kommer og går, og da nabobåsen pludselig bliver fuld af 4 højrøstede spansk-peruvianske gutter, som uhæmmet giver sig til at sende signaler mod pigerne, aner jeg uråd og prøver at holde interessen omkring "vores" bord fangen. Det lykkes en tid, fordi begge pigerne til min store glæde tydeligt afviser mændenes tilnærmelser. Men, men, men... på en eller anden måde får de mandlige eroters stædighed lidt efter lidt isen til at bryde op, og så sidder vi lige pludselig allesammen om det samme bord i samme bås, og så er der jo frit spil. Jeg distanceres mindst 100 mil i spillet om "kærligheden". Der sluttes en kreds, og atter en gang er "lægen" udelukket. Det bliver en ensom tur hjem til hotellet. Begge pigerne hopper op på bagsædet af hver sin motorcykel og kører væk i vild fart under høje skrig. Mig efterlader de tilbage med regningen for det hele. Surt. (Ja sig det bare. Jeg er en supernar!)

Ved gud om de ikke har den frækhed at dukke op på hotellet senere på aftenen og bede om ekstra penge til "slik" som de siger. Jeg svarer: - Skrub af! og smækker med døren.

Hvad kan jeg gøre?(Du kunne have ladet være med at hoppe på limpinden, kunne du!). De kommer først hjem om morgenen og falder dødtrætte om på deres senge. Håbløst.

Når jeg spørger om formiddagen, om de vil gå over til markedet og aflevere alle deres tomme flasker, som ligger og flyder, siger de: - Hvor er det? Hvor ligger markedet? Endskønt vi lige har været der i går. Enten gider de ikke, eller osse er de bare så hjælpeløse en gang i mellem, at man skulle tro det var løgn. Til andre tider ved de nok, hvad de vil!

Nå, men her sidder jeg på den store sten nede ved floden og skriver i min lille bog om alle disse hændelser. Vi har netop forladt vores hotel og er på vej mod Ollantaitambo. Andet ved jeg ikke . Toget går kl 13.00 og billetterne er med buffet til 6.340 Soles. Hvad siger I så ?

Dampende og prustende baner vores tog sig vej ad smalle skinner op gennem slugter og dale i et betagende smukt landskab som fremkalder minder om Schweiz og Deia på Mallorca. I Ollanta skal vi af. Idet vi står ud af toget udbryder Nathalia: -Her er lige så smukt som i Ilulissat! Jeg må faktisk give hende ret. Så hvad er vi her for? Vi kunne lige så godt være blevet i Grønland.

Ude i gården på herberget står pigerne og skyller tøj ved en kilde omgivet af blomstrende roser og jasminer. De falder naturligt ind i øjeblikket sammen med to indianerkvinder, som også har gang i storvasken. Vaskekarrene er render i jorden med vand fra elven som fosser forbi huset. Kaminilden buldrer i pejsen og sender sødt duftende røg op mod de hvide tinder som lyser i aftensolen. Jeg spadserer hen over en smal bro beklædt med gule slyngblomster og møder to små grinende sorthårede piger, som rækker ud og viser mig vej til købmanden, hvor jeg køber en flaske rom og en pose majskager.

Inden vi går til ro, sidder vi sammen med nogle svenskere og drikker rom og spiser kager og udveksler rejseminder. De er på vej til Machu Picchu. Vi er på vej i modsat retning. Sådan mødes vi i strømmen af rejsende. Vi passerer hinanden. Stopper op og rejser videre. En uendelig bevægelse som aldrig standser. Holder først op, når jeg lægger hovedet på puden i mit hvidkalkede rum og lader mig bedøve af elvens brusen og stjernehimlens kig ind gennem det lille vindue i loftet og falder i søvn.

Jeg vil blive! Det har jeg besluttet. Værterne på det lille hostel her højt oppe i de Peruvianske alper er canadiere og skide søde. Om morgenen serverer de hjemmelavet yoghurt med honning og nybagte majspandekager med deres eget hindbærsyltetøj.

De er meget organiserede og jeg får en aftale i stand om at forlænge mit ophold, mens pigerne tager alene tilbage til Cuzco i nogle dage.Vi har en lang snak, Magdalena, Nathalia og jeg, mens vi sidder i solen og spiser. De trænger også til at være lidt alene og fri for mig. Det kan jeg mærke, og jeg tør godt sende dem afsted, nu hvor de har fået så meget rejseerfaring, som de har.

De var klare og glade, da de steg på toget mod Cuzco her til morgen. - Farvel, farvel! råbte jeg og følte stor lettelse. Endelig fred. Det jeg allermest trænger til efter alle disse genvordigheder. Højt oppe i Andesbjergene på verdens smukkeste herberge hos de rare canadier bliver jeg nogle dage og lade områdets stemning berolige min oprørte sjæl!

Vi var i byen i aftes og spise kødsuppe. Mærkelig med store knogler omvundet med spinat tilsat græskar og kommen. Hverken min eller pigernes livret, men 4 øl hjalp på det og så til privat bal i et af de små huse! Det var en slags bryllupsdag, der blev fejret med transportabel grammofon og rigelig pisco-sour. Jeg blev lidt fuld og pigerne blev budt op af velfriserede kavalerer med skinnende sort hår. Da de blev nærgående og ville have dem med hjem, besluttede vi at forlade stedet. Vi vandrede i gåsegang ned ad den lille sti langs elven. Det var fuldmåne og helt stjerneklart og vores bevægelser var rytmiske streger i det natsarte landskab. Hjemme smadrede de en petroleumslampe og jeg blev sur, men vi skiltes alligevel for natten i en fred, som ikke havde været mellem os før. Det var lige som en fase af rejsen var slut. De skulle alene afsted for første gang og var meget spændte.

Ruinerne i Ollanta står som enorme blokke mod hinanden med millimeters nøjagtighed. Man kan forestille sig hvilket arbejde, det har været for disse inka-mennesker først at slæbe dem herop og dernæst at stille dem i en så harmonisk og sammenhængende form. Flere hundrede trappetrin bestiges for at nå toppen, hvor jeg sætter mig. Bliver i lang tid, mens turen indtil nu passerer revue for mit indre blik. Jeg ved, at vi nu er så godt kørende, at resten bliver langt nemmere og mere afslappet. Tror jeg. Skriver i min lille bog: -Det du kæmper mod, bliver du selv. Kamp løser ingen problemer!

Jeg ankommer til Cuzco om eftermiddagen nogle dage senere og finder deres værelse tomt. Jeg slår et smut ned ad "Gringo Street" og ser dem stå og snakke med nogle hårde gutter med rastahår og glimtende armbånd. Det er netop den type, jeg hader mest. Jeg trodser min aversion og går derhen. - Vi skal videre i morgen, ikke? siger jeg. Fyrene ser forbavsede på mig. Lidt aggressivt synes jeg, men pigerne smiler glade, da de ser mig. - Det ved vi godt, svarer de, hvorefter de forsvinder ud i mængden sammen med disse "personager".
Alt ved det gamle, tænker jeg, og driver lidt om i byen, som ikke længere har nyhedens interesse, og som derfor viser sit sande ansigt med turistgøgl og fattigdom. På en stereotyp italiensk restaurant får jeg serveret en totalt udhungret kylling på nogle slaskede salatblade. Mit humør er ved at nærme sig sit absolutte nulpunkt, og jeg ser ingen anden udvej end at gå over til hotellet og krybe ind under de tynde lagener og afvente endnu en tænderklaprende kold nat.

Allerede klokken 8 står de parat i fuld krigsmaling klar til afgang. Jeg roser dem og siger, at de er dygtige. Jeg håber hele tiden, at tingene ændrer sig til det bedre. At vi bliver rigtig gode venner og at Magdalena endelig vil falde for mig. Derfor vil jeg gå over til en ny taktik og behandler dem som jeg behandler mine hunde i Grønland. Med ros. Så kan det være de en dag springer op ad mig og slikker mig i ansigtet. Ikke?
   Sammen går vi ned i den lille gårdhaverestaurant og spiser yougurt og drikker the. Bagefter går de i forvejen mod toget, mens jeg sidder og samler tankerne lidt. Med eet går det op for mig, at de måske har taget fejl af stationerne og er på vej til den forkerte! Jeg farer op og afsted mod St. Pedro stationen for at se, om mine bange anelser holder, og ganske rigtigt så sidder de der udenfor og venter. - Det er fandme ikke den station, vores tog kører fra, nærmest skriger jeg over mod dem. Jeg er rasende og råber hen over æselkærre og indianere, at de er nogle drøv og at de må se at få fingeren ud o.s.v. Jeg prajer en taxa og vi kører i stor fart gennem byen til den rigtige station, hvor toget mod La Paz via Puno afgår et øjeblik efter. Puha, vi nåede det. Pigerne ser flove ud. Måske er det mig de er flove over. Med alt mit skrigeri.

Vi får plads i en kupé ved siden af et ældre amerikansk ægtepar, som har købt arrangeret rejse i Peru, og som får de sidste instrukser med på vejen af den stedlige guide. De er som hjælpeløse børn, der hele tiden må have besked om deres næste skridt.

Mine to unge damer falder hurtigt i søvn. De kom jo først hjem til hotellet ved 7-tiden i morges! Jeg får således en uforstyrret oplevelse af Altiplano med blå bjerge, høje skyformationer og lillafarvede varme kilder samt tusindvis af græssende lamaer og alpacaer. Hver gang vi standser ved små stationer, bliver toget invaderet af tykke indianerkoner med varm mad i store gryder. Det er delikat spidstegt svine eller lamme (lama ?) kød og spinat. Ristede majs på palmeblade, kager og et af de bedste brød, jeg nogensinde har smagt. Runde og helt varme. Den amerikanske dame er osse vild med dem og køber to som souvenir! Hun køber også sutsko af lamauld og nogle hæslige tæpper med motiver fra området, græssende lamaer o.s.v. Jeg fotograferer en ældre indianerkvinde, og straks er hun der med hånden og vil have løn. Jeg smider en mønt ned til hende fra kupevinduet. Hun samler den op og griner mod mig med sin tandløse mund og vil have flere.

Vi kører videre. Jeg står ude i mellemgangen ved en åben dør og lade vinden blæse mig i ansigtet, mens landskabet farer forbi. Det sidste stykke inden Puno kører vi ind i store tordenskyer med skylregn, hvor himlen antager de prægtigste farver i gråblåt og guldgrønt. En af de medrejsende er dansker. Han hedder Jørgen og vi kommer i snak. Han rejser alene og har været på tur i snart et halvt år. Da vi når Puno, inlogerer vi os sammen med ham på hotel Colonial og går derefter ud og spiser fællesmiddag på en fiskerestaurant. Titicaca søen er nær, alligevel er fisken under al kritik! (Kræsen.)

Der går en båd på Titicacasøen ud til Uru indianernes flydende landsbyer og videre til øen Amantani. Den får jeg arrangeret en tur med dagen efter.

Brød, løg og tomater indtager vi på kanten af brønden i Colonials lille gårdhave, hvorefter vi tager på markedet, overdådigt i alle farver med ting og sager og frugter og brød og krydderier. Vi spiser på en kyllingegrill udenfor porten til Colonial sammen med to svenske piger og en fyr, som osse lige er kommet fra Cuzco. Pelle hedder fyren og de to piger hedder Maud og Anne. Dem kommer vi til at følges med en tid.

Vores nye venner har hørt, at der skal være folkemusik et sted ude i byen, og det går vi på jagt efter. Det er nu ikke særligt spændende. Kun båndmusik, og vi driver omkring på må og få. Pludselig havner vi udenfor en kirke, hvor de brænder fyrværkeri af i anledning af en eller anden helgens fødselsdag. Der bankes på store trommer, og en hel procession danser i ring til rytmerne. Vi bliver hængende. Jeg køber en flaske rom, som går på omgang, og det er dejligt bare at læne sig tilbage på stativet, vi sidder på og lytte og se.

Men tålmodigheden er kort. Magdalena vil på diskotek. Nathalia bakker hende op, og resten af flokken følger med. Vi havner det sædvanlige snuskede sted med bælgmørke båse til parrene. Vi danser lidt uden synderlig begejstring og går så igen. Tilbage på hotellet skrider de to grønlændere med nogle politibetjente, som de har lavet aftale med tidligere på diskoteket.

Jeg deler værelse med Jørgen, en ensom gut ligesom mig. Vi får en god snak om de satans kvinder og verdenssituationen og I Ching og det hele. Det hjælper lidt på humøret!

Dagen efter må vi løbe ned til havnen for at nå båden, der afgår klokken ni. Den er stuvende fuld, og vi har hoved på fra i går, så stemningen er tung. Passagererne er for det meste lokale med sække med grøntsager, levende høns og sågar en lille gris og forskellige ting ud til øerne. Vi bliver presset sammen som sild i en tønde. Oppe på taget af båden ligger folk i lag. Fortøjningerne slippes, og farefuldt dybtliggende skvulper båden ud på jordklodens højest beliggende sø. Den er stor som et hav og alle farver er underligt glasklare i den tynde luft heroppe 3812 meter over havet. (Gennemsnitshøjden i Tibet er 4000 meter.) Det er koldt, alligevel bliver vi hurtigt solskoldede i det stærke ultraviolette lys. Vi sidder længst fremme oppe på taget af båden og spiser bananer og kigger ned i det gennemsigtige vand for om muligt at se fisk i tangskovene. De flydende landsbyer er en skuffelse. Det er bare nogle sivøer med små hytter på og indianerne ser vi ikke noget til. De har nok trukket sig tilbage i skjul ved lyden af vores overfyldte pram.

Midt på dagen anløber vi øen Amantani og bliver vejledt af en gammel mand hen til et sted som tilbyder overnatning. Jeg har åndenød hele tiden i den tynde luft og de andre lider osse svært under højden. Vi får dog tvunget os det sidste stykke op ad en bakke til et hus, hvor vi bliver modtaget af hele familien, som straks springer for os og henter sodavand og kiks og cigaretter ovre i en købmandsbutik ved siden af kirken. Vi skal sove på nogle brikse med hynder, og der bor kaglende høns inde ved siden af. Vi bliver trakteret med ris og suppe og Jørgen går en tur med pigerne, mens jeg tager en lur.

Hen under aften spadserer vi på smalle stier, der gennemskærer øen på kryds og tværs. Vi møder børn med hæklede huer i blåt, sort og rødt og mens solen går ned bliver lyset mærkeligt spøgelsesagtigt. Vi prøver at finde svenskerne, men må opgive, fordi det bliver for mørkt. I det samme, vi opgiver, kommer de os i møde. Vi går sammen tilbage til vores hus, hvor vi spiser spejlæg med ris og kartofler stegt i olie og drikker coca-the til.

Jeg begynder at blive irriteret på Jørgen, fordi han snakker højlydt ved alle måltiderne og hele tiden taler, som om det han siger er meget betydningsfuldt. Han drysser osse aske fra sin cigaret ned i mine støvler, som står ved sengen, og så kan jeg ikke holde til mere fra ham, men lukker mig inde i min sædvanlige skal af utilnærmelighed. Svenskerne går hjem til deres hus, og de to piger og Jørgen spiller kort ved et blafrende stearinlys på det vaklende bord. Natten er pissekold. Jeg er ude og skide på lokummet oppe på en mark bag ved huset og står længe og betragter den knaldskarpe stjernehimmel. Det er som at befinde sig midt ude i mælkevejen uden orientering af nogen art. Al min smerte forsvinder i eet væk. Så går jeg ind og ruller mig ned under 4 par støvede tæpper og falder småfrysende i søvn.

Vi går tur til stranden i dag. Hernede skilles vi, idet de to piger og Jørgen bliver i havnen, mens jeg går ud langs østkysten af øen. Det er stadig meget koldt, og solen brænder med højfjeldsstyrke, så man må søge skygge, så godt man kan. Det er et mærkeligt sterilt sted, dether. Jeg finder mig aldrig tilpas, skønt her både er smukt og stille. Mit hoved dunker, og kroppen vil ikke makke ret. Jeg samler nogle små kønne sten og tager et par fotografier, bl.a. et af mine fødder med søen i baggrunden! På tilbagevejen møder jeg de andre igen. Da vi begynder at gå mod huset, ser vi pludselig et optog af sortklædte kvinder med vidjekurve på ryggen. De bærer sten fra stranden op til Plaza des Armas.(Alle byer i Peru, selv de allermindste har en Plaza des Armas !) Her er vejarbejde og sten behøves. Det er selvfølgelig øens kvinder under ledelse af den militære øverstbefalende, der udfører arbejdet. Kvinderne ser ikke ud til at lide under de gevaldige byrder, men smiler til os, mens de krumryggede slider sig op ad den stejle skrænt.

Hjemme får vi standardmaden: Ris og spejlæg og coca the. Det er, hvad de har, men de er meget venlige, vores værter og snakker i eet væk i et sprog, vi ikke forstår et kuk af. Bagefter henter de vand til os, så vi kan vaske hår. Midt i hårvasken får jeg kraftigt ondt i ryg, lænd og lægge. Jeg tørrer håret i en fart og kryber rystende ned under mine gamle tæpper for at se, om det går over eller bliver værre. Jeg er prisgivet min krops reaktioner, og den har det slet ikke godt lige nu! I løbet af natten får jeg dødskramper og angstanfald og må ligge stiv hen på mit hårde leje uden at kunne vende eller dreje mig.

Pinen fortsætter ud på morgenen. Mens de andre forbereder vores tilbagerejse med gensidig gaveudveksling (Magdalena og Nathalia bytter nogle grønlandske perlearmbånd med indianske sjal og små tørklæder), og hele familien stiller op i nationaldragt til affotografering, sidder jeg bare på en bænk og skranter. De bærer min rygsæk ned til skibet, som ligger og venter i havnen ved siden af nogle sivbåde. Jeg stuves ombord i stævnen sammen med en familie med flere spæde børn og får anvist en umagelig bænk med træk fra et ituslået vindue. Her får jeg lov at ligge langs en sæk med noget levende indeni, som jeg ikke ved, hvad er. Fire timer senere og nu totalt radbrækket køres jeg på en lille cykellastvogn sammen med vores bagage op til hotel Colonial, hvor jeg synker på hovedet i seng med halsen fuld af codimagnyl. Ved aftenstid går det en lille smule bedre, og jeg foreslår, vi spiser på hotellets vegetariske restaurant. Jørgen og de to grønlandske piger vrænger ad min idé. De vil have fest og synes det er for kedeligt. Så sidder jeg da atter alene (jeg stakkel) og spiser ved siden af en ældre tysk dame og hendes fede datter med fletninger. Maden er syg. Pandekager bagt i harsk olie og ældgammel salat. Jeg går fra bordet mere syg end før.

Oppe i min seng på Jørgens og mit værelse vågner jeg, da han dukker op ud på natten. Han har hele tide håbet at få kontakt med Magdalena og evt. trække det så vidt, at de kunne bolle. – I aften var det lige ved, fortæller han, men så pludselig var der en hel bunke politibetjente ved bordet overfor i den dansebule, de var havnet, som tiltrak sig de unge grønlandske damers opmærksomhed, og så var lille Jørgen stort set glemt. Pigerne rykkede over til de uniformerede. Jørgen fik lov at betale regningen og kunne så iøvrigt godt skride. Han er rasende, og jeg kan ikke trøste ham med, at det er mig yderst bekendt, alt det han beretter. Han siger, han er stærkt trængende, fordi han ikke har været sammen med piger i måneder, men hvad kan jeg gøre ved det? Jeg sidder i nøjagtig den samme saks som han. Fuck ham! I morgen skal han rejse videre uden os. Jeg sover roligt ind vel vidende, at vores forhold har nået sin afslutning. Ajø kære Jørgen! Fuck dig!

Om morgenen afskediger jeg pigerne hele dagen med en skideballe over deres opførsel overfor Jørgen i går. De prøve at slippe udenom ved at sige, at det var ham der bare gik, og så er jeg lige vidt. Politiet er her allerede fra morgenstunden og kysser dem, som havde de været i familie i mange år. Magdalena har store sugemærker på halsen, og jeg føler mig ærligt talt mere som en terapeut på udflugt med adfærdsvanskelige børn end som det, jeg er, nemlig en forelsket fyrreårig på jagt efter en drøm. Men det er måske netop sagen.- Når man løber efter drømmen bliver den til et mareridt...

Pelle er stadig på hotellet, og vi tager sammen alene på tur til Silustani. Det er en Inka-begravelsesplads med store cylinderformede stenurner i et mærkeligt øde landskab på Altiplano. Lamaerne græsser så fredeligt , at vi nemt kan komme dem på nært hold. Vi tager fotografier i læssevis: En blodrød kaktusblomst som kontrast til dødens kæmpeurne, og min cowboyhat på randen af en afgrund lige før blæsten tager den...

Grønland. (Det hele foregår oppe i hovedet på ham.)

Jeg elsker dig. Åh! Det ved du. Åh! Men hvad hjælper det, når jeg evig og altid sætter dig i
andre rammer end dine egne. Åh, åh, åh. Men det er jo det, der er så svært at undgå, når
man elsker. Åh, ja! At ønske noget til gengæld. For at undgå det, er jeg begyndt mit liv påny.
Yes! Helt og aldeles og ser så, at det at give ikke betyder at miste, men er en gave i sig selv.
At give er at modtage. Åh, åh, åh, hvor sandt!(Men forstår du dybden i det, du gamle, eller er
det bare noget, du siger, fordi det lyder flot?)
Lige som en strøm der går mellem to poler. Når noget går fra plus til minus, går samtidig
noget fra minus til plus. Teori! Derfor er der ikke længere nogen adskillelse mellem dig og
mig. I teorien!

I går da jeg gik op over bakken og i det samme så Magdalena, blev jeg klar over, at vi er dele
af samme bevægelse.
Hun gik lige så roligt og stille ned mod huset, hvor hun bor, mens jeg var på vej op til
butikken og derfra til Hello og Else. I min taske havde jeg I Ching. Den havde jeg tænkt mig
at give til Hello. Men han havde den i forvejen. Så vidste jeg, hvad jeg skulle. (Der skulle du
have sagt stop, ikke? Det ser du nu, hvor du skriver dette for tredie gang. "Tredie gang er
lykkens gang", siger man jo. Måske du så endelig forstår, hvor tåbelig du er, uanset hvilket
ben du står på. Fordi du er dig!)(Mig)

Hvorfor sendte jeg hende i armene på en anden? Var det fordi jeg ikke selv turde tage
ansvaret for hende, når det virkelig gjaldt? Var det fordi jeg var bange for at elske "forkert"
og derved miste hende for altid? Ved at blotlægge min manglende dyriskhed. Min
fabriksfremstillede charme oplært af utallige TV serier.
   Var det, fordi jeg følte, jeg ikke slog til, at jeg lod en anden gøre det grove arbejde, så jeg
selv kunne høste den fine frugt. Plukke den når den blev moden? Men frugten vidste,
hvorfra den kom, og jeg måtte se den falde af sig selv. Den lå i græsset og lyste indbydende.
Turde jeg spise den nu? Hvordan skulle jeg bære mig ad med at samle den op? Jeg stirrede
på frugten og tænkte at den var uopnåelig. Lå ligesom uden for min rækkevidde. - Den
bliver spist før eller siden, tænkte jeg. Hvorfor ikke spise den nu og se, hvad der sker? Som
sagt så gjort, jeg løftede min hånd, men i det samme kom en stor fugl flyvende. Den landede
lige ved frugten og gav sig til at hakke i den. Jeg blev rædselsslagen. - Nu æder den min
frugt, tænkte jeg.- Hvad skal jeg gøre? Men fuglen var kun interesseret i kødet og lod kernen
ligge. Jeg smilte og tænkte: - Her er den endelig!
   Jeg vandede træet og lod bierne komme. Frugten blev moden og fuglen kom og spiste
frugtkødet. Resten var mit. Jeg samlede den lille kerne op og bar den ind i mit hus.
Plantede den i en potte og gav den vand til den spirede. Jeg satte den ud i haven og lod den
blive til det træ, den var, og hver morgen gav jeg dets blomster et kys. For den slags kys
kendte jeg. Nu er jeg ikke længere en udnytter. Jeg værner om jorden og dens krystaller og
føler deres musik i mine ører. Jeg synger af hjertets lyst, så alle kan høre det: - Her er jeg.
Min verden er rig! (Synger den hvide præst i den sorte forklædning. Eller er det omvendt?)

Han fortsætter ufortrødent, og spørgsmålet er, om vi tror på, hvad han siger...

Det gælder om at bevare og arbejde videre med de autentiske billeder. Det er det sidste forsvar, vi har mod en fremstormende teknologi, der blindt søger at erobre den menneskelige bevidsthed, fordi den styres af blinde mennesker. Blindheden er hørt op. Herfra begynder det hele igen. Med synet som hjælp bevæges jeg afsted. Styret af de sanselige indput jeg ustandselig modtager, og som i øjeblikket forvandles til handling. Det årsagsløse univers er mit hjem fra nu af, og jeg takker af hele mit hjerte for, at det er blevet mig forundt at være her. (Amen, Amen, Amen...)
Den der fanger fuglen fanger ikke fuglens flugt. Og fuglen er lige udenfor mit vindue!

Nu bærer de gamle Mikael Kunaq bort op over den sneklædte bakke.Fire mænd bærer hans indsvøbte, afsjælede legeme mod kirken. I følget ses en del ældre mennesker, og en ung pige. Den unge pige går med en stund, så springer hun af, ligesom ved en pludselig indskydelse, gør et par trin som i dans og løber ned mod sit hus.
Det er Magdalena. Hun er byens smukkeste pige – og klogeste.
Hun forlader aldrig sin bestemmelse, sit spor. Hun følger med en tid, men springer så væk og flyver ud på sin egen rute igen. Hun er danserinde. Hun er gud i levende menneskelig skikkelse. Hun er grønlænderinde, og du kan lære alt af hende. Vel og mærke hvis du ikke fanger hende, men betragter hende opmærksomt. Nyder hende. Gerne med hud og hår, men aldrig i fængsel. Hun vil forsvinde som dug for solen ind på fjeldvidderne, hvor moskusoksen trækker og hvor sneharen skjuler sig for nysgerrige øjne, som kun vil ondt, som kun vil død. (Se det var smukt.)
Nu er jeg ikke bange længere. Jeg er selv blevet en fugl. På evigt træk hen over bjergenes tinder. Jeg ser ned på min jord og forstår hele redeligheden. Den er smuk, den store kugle, som den svæver der i himmelrummet. Som en blå krystalkugle ligger den i moderskødet og venter på sin endelige forløsning. Det er mig, der skal forløse den. Ingen anden kan, og det skal ske nu. Ikke i morgen eller en anden dag, men lige nu, hvor Katinka i det samme fylder vand i opvaskebaljen for at vaske vores operationsinstrumenter rene.
    Hun er en engel fast forankret i den grønlandske klippegrund. Er gift med Jonas og har to børn. Hun arbejder med mig hver dag i klinikken og lærer mig pligten. Pligten overfor mig selv og jorden. Pligten at vi sammen skal befri denne klode for sit fostersvøb og lade dens ånd flyve ud i luften som en fugl. Nu.
    Mine ord er fattige, fordi de altid har været beskåret. Jeg rides af en frygt for ikke at udtale mig rigtigt og velklingende. Den er opstået, fordi jeg altid er blevet irettesat. Jeg har altid fået at vide, hvordan jeg skulle være, hvordan jeg skulle opføre mig, hvad jeg skulle sige, og hvad jeg ikke måtte sige. Hele min tid som menneske er gået med at blive sat på plads, sådan som man mente, jeg skulle være. Derfor ligger jeg i dag under for en stadig frygt for at gøre det forkerte. Jeg søger hele tiden at gøre det rigtige. Det rigtige er det, man har bedt mig om at gøre, således at jeg kan tilfredsstille de krav, der stilles til mig og derved få den ros og de kærtegn som er belønningen for min korrekte opførsel.
    Det er en meget vanskelig opgave at leve på den måde, og jeg har da også her i den sidste tid følt mig både anspændt og usikker, fordi jeg mærker, at i mit indre er der andre lyde, andre toner, som presser på og vil ud. Men de er kaotiske, urolige og forstyrrende, og når de kommer op til overfladen bærer de nærmest præg af sindssygdom (Wow!), og det frygter

jeg allermest. At blive sindssyg. Jeg har hørt, at det er det værste, man kan blive. Nå. For der findes ingen kur, ingen redning, ingen helbredelse. Når man een gang er blevet sindssyg, så er ens sind sygt, og sindet er sjælen og sjælen er kærnen, og så er alt håb ude. (Wow igen!) Alle andre sygdomme har et eller andet håb. Kræft er måske på linje med sindssygdom, men er alligevel ikke så slem, for her bevarer personen dog sin identitet. Men i det øjeblik sindssygen indtræder, mister personen sin identitet, og er der noget, jeg frygter, så er det at miste min identitet. Miste mit jeg. Mit hårdt tilkæmpede jeg som jeg har arbejdet ihærdigt på at skabe, således at det kunne stråle og glimte og gøre indtryk overalt.(Ja, det må være slemt. Så er du ingenting og hvad så? HVAD SÅ?(For helvede!)

Mistede jeg det, ville jeg miste alt, hvad mit liv er. Så ville jeg ikke længere være nogetsomhelst, og jeg ville komme i de kræfters vold, som lurer i mit inderste. Det er de urolige, dybe dyriske kræfter. De sataniske kræfter. De onde kræfter. De voldsomme, voldelige kræfter. Alt det, der er holdt nede. Drifterne, vildskaben, urinstinkterne. Alt det som er blevet opdrættet, afrettet og sat på plads, så det kunne styres og manipuleres. Så det kunne indordnes under systemet.

Men jeg vil ikke være bange længere. (Modigt) Jeg har set, at hver gang jeg lader min identitet flyve sin vej, får jeg kontakt med noget meget væsentligt. Noget dyrebart og oprindeligt, og det gør mig glad, for så er jeg ikke længere usikker på de ting, jeg gør. Så er jeg ikke længere bange. For det jeg gør, og den jeg er. (Indsigt, måske...)

Jeg kan godt mærke frygten og usikkerheden, men jeg ved, at den ikke stammer fra mig selv, men fra mine omgivelsers reaktion på det jeg er. Det er som resonans i et rum. Man hører ekkoet som en mislyd i lokalet, fordi man mærker, at detteher, det er ikke korrekt. Jeg ovetræder korrekthedens love og skaber på den måde en uro, som ikke er velset. –

Fordi man er følsom, betyder det jo ikke, at man er idiot, vel? Alle vil høre sandheden, men frygter dens konsekvenser og ser derfor væk. At være sand kræver dyd. Så kan man sige alt og blive forstået. Provokerende adfærd som råber "sandheden " ud er løgn. Det er en hårfin balance, jeg befinder mig i lige nu. (Rimeligt)

Jeg bliver nødt til at skrive om dette mærkelige, der sker for mig hele tiden. Klokken er over tolv om natten, men jeg er ligeglad om mit skriveri forstyrrer de sovende patienter på sygehuset nedenunder. Det må ud. Var på besøg hos reservelægen og fik den sædvanlige paranoia-snak, hvor jeg bliver set på som "mærkelig" fordi jeg inviterer Magdalena og Nathalia med ud på en rejse. På vej hjem møder jeg Magdalena sammen med en veninde ude at gå en tur, og hun vender sig, idet hun ser mig, lige netop rundt og laver de her mærkelige bølgebevægelser med sine arme som siger: Her er jeg. Jeg elsker dig ikke, men jeg elsker dig alligevel, og vi ses før eller siden.

Sådan er det bare lige nu, og jeg vil vente, som jeg har ventet i månedsvis på vores afrejse. Så må GUD og alle magter hjælpe mig til, at alt bliver godt. Det hele er mystisk, for jeg synes, at kun hun og jeg kender disse tegn. Er det sandt, at hun og jeg er bestemt for hinanden, eller er det bare et tilfælde det hele? Gud bedre det, hvor har jeg tit spurgt mig selv om det. Er det mig som veg bort fra min kone i rædsel for alderdommen og derfor fik den skæbne, at blive indfanget af en ung forførende heks? Spørger jeg igen og igen, men har kun lyst til at skrive om dig, Magdalena min engel. Dine rene bevægelser. Dine fødder er smukkere end fødder, jeg nogensinde har set. Din rødmen røber dit sind. Dine læber er blødere end mosset på stenene i dit land. Dine øjne rummer alt. Du er her nu som ren åbenbaring af guds eksistens, og derfor elsker jeg dig uforbeholdent, endskønt jeg ser alverdens fare deri. For evigt Magdalena. Grønland. Dit liv. (Hm, hm, hm... man siger, at forelskelse er vanvid. Ses tydeligt her. Manden er jo bindegal!)

Fordi jeg ved, at jeg intet har at gøre mere. Alle mine planer er brudt sammen. Mine ideer er luftkasteller. Tomme fraser. Meningsløshed. Der er ikke mere at bygge på, for jeg kan se, at hele mit slot synker sammen over for den sandhed, som strømmer ud fra dit hus. Her er ingen hemmeligheder. Her er ingen løgne. Her er livet naturligt. Evigt cirkulerende, pulserende i bevægelse, og jeg er udenfor.

Jeg er udenfor, fordi jeg er det "civiliserede" menneske. Med mit intellekt. Med min tanke. Med min jeg-bevidsthed. Med mit evige fatamorgana i horisonten. Min fantaseren og forstillelse. Jeg arrangerer og arrangerer i håb om, at det næste arrangement kan løse alle de andre mislykkede arrangementer. Men det vil ikke lykkes, fordi det er et arrangement. Det er ikke livet. Det er ikke livet selv. Jeg ser ind i livet, og straks vil jeg have det. Straks vil jeg eje det. Straks gør jeg det til genstand for mit begær. Straks vil jeg befamle det. Straks vil jeg gøre det til mit! Bestemme over det. Herske. For jeg er magtsyg. Jeg er magtsyg, fordi jeg er bange. Det er min angst, som gør mig magtsyg. Min angst for at leve og dø. Jeg tør ingenting mere. Sidder som en forskræmt kanin i et hul og bæver for, at jorden skal styrte sammen over mig, og jeg ved, at det vil ske, for jeg ved, at det jeg har konstrueret ingen balance har, og dog fortsætter jeg med at arrangerer, ordne og rubricere, fordi jeg tror, jeg kan beskytte mig gennem min hjernes virksomhed. (Han ved det jo godt, idioten, men er forblændet af sine tolkninger. Han er syg og ikke til at redde, simpelthen.)

Men beskyttelse er umulig. Her er ingen redning, ingen hjælp. Det er sket med mig. Hvem overlever, bjørnejægeren eller lægen? Det gør bjørnejægeren, for han udebliver fra behandlingen! Han kommer ikke til lægen, og lægen kan løbe efter ham og sige: -Hov, du skal have undersøgt din mave! Men bjørnejægeren siger roligt: - Hvad betyder det om jeg får undersøgt min mave, når der er bjørn. Er det ikke vigtigere, at jeg skyder bjørn end du ser på min mave. Uden bjørn intet kød og derfor ikke noget at putte i maven. Iøvrigt får man sund mave af at spise bjørnekød og ingen forstoppelse heller. Så jeg har ikke brug for dig nakorsat! Du kommer her til mit land i din hvide kittel og forsøger at redde mig, men det er dig selv, du skal redde. Du fører dig frem som frelsende engel, som den der ved bedre, som een der har magt over tingene, og det du besidder er tomhed. Tomme maskiner, mord, det ejer du. Det har du i dine hænder.

Evnen til at ødelægge alt på din vej. Ethvert smil, enhver glæde ødelægger du. Du tramper det ned, fordi du selv vil frem med din vilje. Din vilje er tomhed. Det er ikke bjørnens vilje. Du har aldrig set ind i bjørnens øjne lige før den dør. Det har jeg. Jeg kender bjørnen. Har et forhold til den. Hvad har du et forhold til? Du kigger ind i forskellige menneskers mave. Hvad ser du? Du ser intet udover dine maskiner og apparater. Du sidder og manipulerer og arrangerer og kalder det kunst. Lægekunst, men det er tomme små pynteborder på en verden fyldt med gru.

Du er dødsdømt mand. Se det dog i øjnene. Glem din profession og lev dit liv nu og ønsk dig intet. Hvad har du at ønske andet end alt dit pis og lort? Hvor kommer dine tanker fra? Fra din dødsdømte fortid! Og bjørnejægeren går sin vej og lader den lille hvidkitlede embedsmand alene tilbage. Sådan.

Lægen skriver:
Jeg har svigtet dig. Nu ved jeg det. Det hele startede med spejlet. Den gang jeg blev så gruligt forelsket i mig selv. Jeg var fem år gammel og havde på den tid ikke ret mange legekammerater, men jeg havde et stort spejl inde i soveværelset, som jeg lige kunne nå op til med strakt hals. Det kiggede jeg ind i og så til min forundring noget smukt. Normalt var jeg ikke vant til at se smukke ting omkring mig, for både min mor og resten af familien sendte hele tiden et tykt røgslør ud omkring min person fyldt med alle mulige masker og attituder. Men i spejlet kunne jeg se mit eget billede, og der så jeg mine øjne, og de var smukke, klare og blå. Mit hår var lyst og fint og min mund og min næse sad lige hvor de skulle. Den gang jeg endnu elskede mig selv. Men kærligheden blev til forelskelse, og med forelskelsen kom kravene. Andres krav til mig om, hvordan jeg skulle se ud og være. Mit hår kunne ikke længere få lov at passe sig selv. Mine øjne skulle se bestemte steder hen, og min mund skulle sige de lyde, der blev befalet. Ellers vankede der. Jeg tænkte ved mig selv, at det nok var sådan, det skulle være, siden alle tillagde det så stor vægt. Jeg rettede mig ind efter rammerne og blev det, jeg er i dag. Et sminket lig.
Nu dør jeg. Lige nu hvor jeg ser mit sande billede i dine øjnes spejl. Jeg chokeres og kan ikke længere lyve over for mig selv. Evighedens dybe blå skønhed i eet sug. Vågner i mig.

Herfra går ingen vej tilbage.

Sydamerika.

Jeg går ud og spiser en halv kylling. Drikker cola til, og går hjem i seng. Basta. Klokken ti hører jeg høje råb og skrig ude på gaden. Det er Magdalenas stemme, jeg hører, men bestemmer mig for, at det er det ikke. Lidt efter knalder skud i den nattestille by, og mit hjerte begynder at slå heftigt. Begge pigerne kommer hjem til hotellet lidt efter. Jeg ånder lettet op, da jeg hører deres stemmer. Puha, de er i live!
Der er larmen og løben og snakken ude på hotellets gange og trapper. Magdalenena råber på sit pas, der så vidt jeg kan opfange, er blevet taget fra hende af en politibetjent. Hun kalder med klagende stemme på sin søster. Jeg holder mig i ro på værelset, for ikke at forværre situationen yderligere. Langsomt ebber larmen ud og stilheden indfinder sig. Jeg falder i urolig søvn med mareridtagtige drømme. Vågner klokken 8 og går på markedet for at købe morgenmad. Jeg hører fra deres værelse, at pigerne allerede er oppe, men vi har jo også aftalt, at vi skal køre videre klokken 9. Da jeg kommer tilbage er hotellets gård fyldt med politifolk.
   Magdalena og Nathalia står midt blandt hotellets personale og er tydeligvis stærkt oprevet. Der er højrøstet parlamenteren på spansk, og så vidt jeg forstår, er det den foregående aftens hændelser med skyderiet, det drejer sig om. Jeg holder mig bevidst tilbage fra at være deres beskytter. - De må fanden gale mig klare deres egne ærter, tænker jeg. Vores svenske pigevenner kommer til undsætning og tager dem med op på deres værelse. Selv går jeg i halvrystende tilstand til mit eget logi og sætter mig til at spise min ananas og mit brød. Så banker det på døren. Det er politikaptajnen, som fortæller mig, at

mine to veninder skal på politistationen for at blive afhørt om den foregående aftens hændelser. Jeg følger med ned og møder en boliviansk kvinde, som skal tolke for mig. Hun siger, at det er politiet selv, der er skyld i det hele. De har inviteret pigerne i byen og alle er blevet fulde, hvorefter der er opstået jalousi mellem to betjente, som begge ville have fat i Magdalena. For at markere sit fortrin, har den ene bejler fyret sin pistol af op i luften. Det er det, hele sagen drejer sig om, og det er det, kaptajnen vil have pigerne med til at udrede som vidner. Andet er det ikke. Maria, som kvinden fra Bolivia hedder, siger, at politiet ingen ret har til at tilbageholde os. Hun beder kaptajnen få sine folk ud og foreslår, at vi hurtigst muligt forlader Puno. Pelle løber ud for at få fat i en bil, som kan køre os væk. Vi stiller os nede ved hotelporten med rygsækkene pakkede, parat til at hoppe ind i bilen når den kommer, men den kommer ikke. Jeg løber ud for at kapre en taxa i stedet og kører i fuld fart hen foran hotellet, - men for sent. I det samme øjeblik dukker Kaptajnen og fire betjente op i en jeep og anholder os alle.

Vi bliver ført til stationen og sat til at vente i et kontor. Efter et stykke tid bliver vi ført ind i forhørslokalet. Det er et stort rum med adskillige fotografier af tidligere og nulevende præsidenter. Jeg aner, at turen nu har fundet sin afslutning. Pigerne vil ikke ud med sproget og forhørsdommeren bliver barsk og taler om tilbageholdelse og fængsling. Maria gør sit bedste for at få en samtale i gang, men Nathalia er mopset og øjensynlig slet ikke klar over faren. Hun er vant til politiet i Grønland, og der får man som regel kun en advarsel, selv for grove lovovertrædelser. Jeg prøver at forklare hende, at hun må ud med sproget, og til sidst får vi så meget at vide, at de blev inviteret på diskotek af de unge betjente, som drak dem så plakatfulde, at de slet intet husker. Dommeren vil gerne have detaljer om skudløsningen, men begge piger påstår, at de aldrig har hørt nogen skyde. Maria mener, de søger at dække over "deres" betjente, og jeg må give hende ret. Det ser sådan ud. Man når herefter frem til, at de er blevet voldtaget. Magdalena har et stort rødt sugemærke på halsen, som hun forgæves søger at dække med et sjal. Det bliver iagttaget på alle leder og kanter, og dommeren foreslår, at en læge undersøger dem. Vi bliver rasende og Maria oversætter så godt hun kan, at det er en fornærmelse, og at begge pigerne pure nægter.

Derefter er der frokost, og mærkeligt nok får vi lov til at gå alene ud i byen og spise. Tilbage igen har man besluttet at "løslade" pigerne, hvis de går med til at lade sig undersøge, og da de efterhånden er godt trætte af al postyret, går de ind på "handlen". En aldrende politilæge trykker dem lidt på maven og ser dem dybt i øjnene og afviser derefter voldtægt. Vi er fri.

Pelle venter hjemme på hotellet, og vi går sammen på jagt efter transportmuligheder til Arequipa. Vi vil væk hurtigst muligt, men det bliver alt for dyrt. I stedet vælger vi et længere svip ned omkring La Paz med en billig lokal bus, som afgår allerede om aftenen over Pomanta. Alle pigerne på hotellet, de svenske såvel som de grønlandske, liver gevaldigt op ved nyheden om at komme afsted. Det bliver fejret med mangosalat, the og pandekager på byens fineste restaurant, hvorefter vi i gåsegang i det svindende aftenlys vandrer hen til den gamle bus, som står med motoren i gang. Den er proppet med lokale mennesker i alle aldre med bagage af den mest særprægede slags. Levende smågrise, haner i snor, store kurve med cocablade, raslende kasseroller og sammenrullede vævede tæpper, samt selvfølgelig madvare til fortæring undervejs i store plastickasser.

Vi kører ud i natten med Titicacasøen på vores venstre side og en øredøvende støj frembragt af store højttalere med larmende latinamerikanske rytmer på vores højre.

Dagens triste hændelser forsvinder lige så stille i den gamle kasse med skarptlugtende mennesker og dyr. Vi skumpler afsted på de dårlige veje og føler en trancelignende tilstand af lettelse, efterhånden som vi kommer frem.

Det er bælgmørkt udenfor og chaufføren råber til os, at nu er vi i Pomanta. Vi stiger ned, bussen kører videre, og der står vi helt alene i den sorte nat uden at kunne skimte nogen form for lys. Vi er ret desorienterede og usikre, men folk i bussen sagde, at det er rigtigt nok, vi er i Pomanta, så må vi vel også være der. Der er bare ingenting at se, som tyder på by eller bebyggelse. For at få bedre udsyn kravler vi op ad en skrænt gennem stikkende buske og får efterhånden lidt overblik. Vi er stakåndede i den tynde luft og må holde pause. Mens vi står og puster ud, får vi øje på et svagt lys i horisonten. Det må være Pomanta, tænker vi, og begiver os afsted. I lang tid må vi forcere flere grøfter med tæt bevoksning og kommer endelig nær nok til at kunne se selve byen. Nu gælder det om at finde hotellet, men så går alt lys ud, og vi kan ikke se noget. Jeg har en lommelygte med, som bringer os videre. Vi beslutter at dele os. Pigerne venter ved en mur, mens Pelle og jeg går ud og leder efter logi. En gammel mand dukker op i bil og peger i en retning, men den ender blindt, og vi går tilbage og spørger, om han vil køre os, men det vil han ikke. Så tilbage igen til pigerne. Derefter vandrer vi i samlet flok gennem den nattestille by og beslutter at dele os endnu en gang. Pigerne venter på en lille plads, mens Pelle og jeg fortsætter ind i de smalle gyder, hvor vi endelig skimter lys i et vindue. Vi banker på døren. Ingen svarer. Vi banker igen og hører en svag klagende lyd som fra en gammel kone. Hendes stemme er uforståelig, og hun kommer ikke ud, ligemeget hvor hårdt vi banker. Vi opgiver håbet om at finde et sted at sove, og forbereder os på at tilbringe natten ude i den bidende kulde. I det samme ser vi pigerne stå og samtale med et menneske. Det er byens politibetjent. Selvfølgelig! Vi takker gud for vores piger og deres polititække. Hurtigt viser han os hen til byens eneste hotel, hvor vi snart efter indlogeres i to store rum øverst oppe lige under stjernehimlen. Endelig!

Morgenen oprinder med strålende udsigt over en smaragdgrøn Titicacasø. Himlen er klar og lyseblå, og Pomantas små huse ligger spredt rundt om hotellet som små klodser i lysegule og orange kulører. Det er tid til at få vasket vores efterhånden godt svedlugtende og beskidte tøj. På den store veranda, der støder op til værelserne, står lange vaskekummer lige til at bruge, og nu kaster vores kvinder sig over storvasken med ildhu og begejstring. Sæben skummer i karrene, og snart hænger tørresnorene fulde af trøjer og trusser og andre beklædningsgenstande, der blafrer festligt i vinden. Hele sceneriet får lydkulisse fra et bragende militærorkester, som optræder på pladsen nede foran hotellet med gamle jazzmelodier udsat for messingsuppe. Der står liggestole parat til os på terrassen, som vi smider os i og lader os bage af den stigende sol, som brænder varmt og gammablåt heroppe i højderne. Jeg får lyst til løjer og går ned i byen og køber fyrværkeri. (Ja, bindegal er han). Pigerne hviner, når jeg sender små raketter hen over hovedet på dem. Pelle er med på spøgen og vi danser i ring rundt om vores damer mens vi "knalder" dem. De forstår hensigten og bliver sure, men liver op igen, når jeg kommer anstigende med store ananas, nybagt brød og fuldmodne tomater. Vi gnasker det i os, og bagefter klipper jeg mit skæg foran spejlet i bar overkrop og mærker en vis interesse fra Magdalena, da hun ser min hårbeklædte brystkasse! (Hovsa!)

Snart må vi videre, hvis vi skal nå grænsebyen Yunguyo inden aften. Vi stiller os op og venter nede ved landevejen, hvor nogle lokale kvinder har boder, som sælger mad og varm the. Vi står ved siden af, og de prøver at overtale os til at købe deres varer, men vi er ikke sultne og afviser dem. De bliver sure og vifter os væk, mens de udstøder eder og forbandelser. Jeg tager mit fotografiapparat frem og vil tage et billede af deres vrede, men det skal jeg ikke gøre, for straks samler de rådne æbler op fra en kasse og smadrer dem mod mig. Jeg må skydsomst trække hen bag et skur, hvor jeg i forskrækkelsen får skidetrang. Jeg sætter mig på hug og lader lorten komme ud. Jeg hører en stor sort gris nærme sig bagfra og idet jeg rejser mig, mærker jeg dens tryne puffe til min røv. Snart har den fortæret hele mit tarmindhold. Jeg konstaterer tørt, at her findes ingen renovationsproblemer!

Selvfølgelig udebliver vores bus, men en lastbil kommer til undsætning, og i fuld fart ad støvede og hullede veje går det med mindst 100 km i timen, så håret flagrer, og næsen bliver tilstoppet med grus. Vi står og hopper på ladet og bliver grundigt rystet sammen, indtil han smider os af, og vi må gå det sidste stykke til fods gennem Yunguyo hen til Plaza des Armas, hvor vi veksler til boliviansk valuta. En lille bus kører os over grænsen ind til Bolivia, og klokken fem ankommer vi til Copacabana som er den første by, vi ser i landet. Den er smuk. Består udelukkende af helt hvide huse og ligger lige ned til Titicacasøen.

Vi møder en lokal indianer, som præsenterer sig som Renè. Han står og tager imod os på det store torv og taler til os, som om han ventede os. Det hænger nok sammen med, at han er tæppesælger, for han udbreder sig med fagter og ord om vævekunsten i området. Han har allerede bestemt, hvilket hotel vi skal bo på, og da vi lige så godt kan stole på ham som på en hvilken som helst anden, lader vi ham overtager styringen. Han har et venligt og tilforladeligt væsen og sørger for os fra nu af. Hotellet han anviser, ligger lidt tilbagetrukket fra selve byens kerne ved siden af en kokasse-murstens-fabrik. Her trækker nogle små heste en maskine rundt, som hele tiden udstøder byggeelementer fremstillet af kolort. Det er hyggeligt med maskineriet, der knirker og knager, mens det udsender en duft af mark og landbrug, og alt ånder idyl. Vi får tre rum til deling og "mine" piger ånder lettet op, da de bliver klar over, at de ikke skal bo sammen med mig (!) De to svenske piger bor for sig, og Pelle og jeg tager det sidste rum med udsigt til bjerge og græssende køer. Efter vi er indlogeret, spadserer vi allesammen ud i byen. Renè viser os vej forbi små cafeer og restauranter med indbydende gårdhaver med hvide borde og kulørte lamper i træerne. Han trækker os ned til søen, hvor vi møder en aftenhimmel så brilliant, at jeg aldrig har set mage. Overjordiske farver spiller i vandets spejl. Lilla, rosa og guld stråler op mod enorme skyformationer, som forandrer sig plastisk i det hendøende lys.

Jeg får gåsehud.

På vej tilbage har Renè en overraskelse i ærmet. Han har i forvejen givet besked til spisestedet, at vi kommer.

På en lille ydmyg restaurant bag markedet med kun tre borde, drevet af et ældre ægtepar, står der rygende varm urtesuppe og laks parat til os.

Bordene slås sammen til eet og vi bliver bænket om et måltid af høj kulinarisk værdi, hvor simpelt det end er. Renè fortæller om sit liv som væver og kunstner og om livet i Bolivia, der ofte er præget af politisk uro. Han har et lunt glimt i øjet og jeg kan mærke at pigerne kan lide ham. Jeg bliver lidt jaloux, for jeg føler, jeg bliver glemt i samtalen. (Den altid centrumsøgende). Jeg går alene ud på Plaza des Armas og sætter mig ved siden af en musikant med sin guitar. Jeg har altid min lille mundharmonika med, og sammen spiller vi natten frem, mens de andre bare snakker og snakker. (Uden mig.)

Dagen efter skal vi afsted igen. Ud på opdagelse. Ud til solens ø, Isla del Sol! Alle taler om den ø. Der er ruiner fra inca-tiden som man bare må se, siger René, som under megen palaver med bådens skipper forhandler pris for sejladsen. Først prajer han en stor sejlbåd, som ligger for svaj ude i bugten, men vinden er for svag, bliver der råbt tilbage, og vi må tage til takke med motorbåden. De siger, det vil tage over tyve timer, hvis vi skal derud for sejl, og det gider vi ikke. Eller rettere sagt René gider ikke. Jeg ville ellers godt. Elsker at sejle. Men det bliver altså ikke til noget. Vi letter anker og prutter afsted. På vejen lægger vi til ved månens ø, hvor vi proviantierer i en lille butik ved stranden med indkøb af sodavand og sardiner i dåse. Endelig efter en times sejlads når vi frem til sol-øen og den lille by ved anløbshavnen. Nu er Nathalia utidig. Hun gider ikke gå på opdagelse og vil hellere ligge og sove på stranden. Det får hun så lov til, mens vi andre vandrer afsted langs en smal fåresti forbi store træer med mægtige kroner, som sender knitrende lyde ned mod os fra firben, som piler op og ned ad grenene. Ellers er terrænet nærmest som en græsk ø med lave afsvedne buske og en gennemtrængende duft af vild timian. Svirrende insekter og store blåskinnende sommerfugle som flakser foran mig i sollyset, hvor Magdalena lidt længere fremme roligt bevæger sig op ad bjergsiden med sin smukke krop i harmonisk rytme, som jeg kender det hjemme fra Grønland.

Små drenge på vej til skole, men jeg ser ingen skole. De virker apatiske og smider om sig med deres stilehæfter. Måske er de faret vild. Jeg prøver at kontakte dem, men de er ligeglade. Farvel med dem. Endelig efter flere smalle passager og vanskelige klatreture når vi ruinerne og må indse, at forventningens glæde er den største. Der er overhovedet intet udover tre små murrester på omkring fem meter tilsammen. Men der er fyldt med vild timian, som vi begærligt plukker for i det mindste at få noget ud af turen. Dybt under os ligger Titicacasøen blåskinnende som tandemalje, og nu springer en lyserød rosenknop elegant i bølgerne dernede. Det er Maud, den ene af de svenske piger. Hun er stukket af ned ad den næsten lodrette skrænt for at forfrisker sig ovenpå anstrengelserne.

Nathalia ligger stadig og sover på stranden når vi kommer tilbage. Hun er helt sløv, og det er vi andre osse. Vi finder nogle tomater og resterne af sardinerne nede i båden. Dem kaster vi os over, for vi er blevet hundesultne. Sejler hjemad godt skuffede og flader ud på bænken langs rælingen totalt passive i lyden fra den dunkende motor. Endelig tilbage. Nu må der ske noget! Vi køber tre flasker champagne, som vi forlyster os med på pigernes værelse, mens vi spiller på fløjte og tygger cocablade. Svenskerne bliver fulde og René henter nogle bolivianske venner ind til coke sniffing. Der bliver efterhånden ret vildt og alt for trangt i det lille rum.

Nathalia og Magdalena vil ud. Ud og finde musik, som de siger. Jeg prøver at gå med dem, men har ikke lyst og giver dem nogle penge, som de kan "more" sig for. Jeg går hjem i seng. Klokken halv to er der larm og ballade nede ved hotelindgangen. Nathalia har nogle fyre med, hun vil have op på værelset. Det må hun ikke for hotellets bestyreinde, en lille bestemt dame, som stiller sig i vejen, hvorved der opstår et mindre håndgemæng mellem hende og Nathalia. Jeg gider overhovedet ikke gå ned og se, hvordan det spænder af. Lægger mig bare om på den anden side og sover videre.

Hurra, hurra, så er vi på farten igen. Jeg elsker at være på farten. Nu skal vi til La Paz! Med Bus op over Altiplano, hvor udsigten til verdens højest beliggende sø er formidabel. Vi drøner afsted på sletterne med græssende Lamaer i hver side af vejen i 5 stive timer i eet stræk! Før vi tog afsted i morges var der et vældigt spetakel på torvet foran den lille kirke ved siden af hotellet. Det var den hellige jomfru, de bar ud til skue smykket med farvestrålende blomsterdekorationer i ren plastic og futtet af med stinkende fyrværkeri. Mens de andre gloede, gik jeg et smut ind på kirkegården for at være i fred. En busk med pragtfulde blå liljeblomster stod omgivet af store svirrende insekter, som ved nærmere øjesyn viste sig at være små fugle, kolibrier. Jeg havde aldrig troet, at en fugl kunne blive så lille. På størrelse med en bønne.

Vi kører ned mod den store by i begyndende tusmørke. Tusinde lys fra høje skyskrabere og bilernes strøm med lilla bjergtinder som bagtæppe overvælder ovenpå den lange ensformige køretur. Vi bliver sat af midt i menneskemylderet, og Renè fører os hjemmevant hen til et hotel. Det ligger i et kvarter med barer og restauranter, og jeg forudser problemer. Atmosfæren her er meget intens og sydamerikansk. Nogle fyre truer med at angribe mig, fordi jeg prøver at beskytte pigerne mod tilnærmelser. Jeg mærker, at vi nu er et sted, som kræver øget årvågenhed, og det indskærper jeg mine veninder. Det ser ud til, at de endelig begynder at forstå, at de ikke befinder sig i Grønland længere. Det beroliger mig en smule, men det er heller ikke så mærkeligt, at vi igen og igen har problemer her. Nathalia har kun opholdt sig i Danmark et halvt år og har ellers ikke været andre steder i verden. Magdalena har været feriebarn nogle måneder i Ålborg. Grønland er hele deres baggrund og horisont, og skønt det nok er barsk at bo der oppe klimatisk og naturmæssigt, er der dog en høj grad af kollektiv beskyttelse. Det er denne kollektive "sans" de faktisk nyder godt af, når det alligevel går nogenlunde i kritiske situationer. Menneskene i Sydamerika er langt mere opmærksomme på pigernes signaler end i Danmark. Deres eskimoisk-indianske inuit-natur slår igennem og bliver langt bedre forstået end i Danmark. -Egentlig tragisk. (Ja)

Vi hygger os faktisk i La Paz. Går ud og spiser på fremmedartede restauranter. Bøf som ikke smager som hjemme og drikke små bolivianske øller. Vi tager sandelig osse i biografen og ser "Batman" og "Starwars" dog uden at forstå ret meget af dialogen, som er med spansk tale, men det er actionfilm, så det går nok. Til gengæld holder vi os fra diskotekerne. Det ser faktisk ud til, at man har fået nok lige for øjeblikket. Desværre har Nathalia fået gonoré efter alle bolleturene med politiet og skal derfor på hospitalet for at blive undersøgt. Det tager hun nu meget roligt. Hun er sej, synes jeg, selvom regningen for privathospital er ved at slå bunden ud af mit budget!
  Bagefter tager vi alle på rekreationsudflugt til "Månedalen" med menneskehøje katus og skrækindjagende klippeformationer, hvor vi nær bliver væk fra hinanden. Senere får jeg besked fra "Danske Forsikring", at de betaler for hospitalet. Det er en lettelse! (Mama mia, hvem er du som skriver dette???)
Alt i alt bliver tiden i La Paz fredeligere end nogen sinde. Vi nyder det fælles morgenbord i Maud og Annes værelse, som er det største, med tyk yougurt og marmelade og dejligt friskbagt boliviansk fladbrød med lamaost. Ikke noget med at ligge og dovne i sengen til langt ud på formiddagen, fordi man har været skidefuld om aftenen, nej i stedet står vi

tidligt op og tager på støttevisit ud til statsfængslet for at opmuntre en stakkels nordmand og to amerikanere, som sidder indespærret for smugling af cocain. (Den rejsende højskole!) De har fået en dom på 25 år og er lykkelige for vores besøg. (Lidt adspredelse!) Vi medbringer brød og kage og ost, og jeg giver dem min lille transistorradio. Vi bliver sandelig osse inviteret på en joint i deres celle! De fortæller, at fængslet er byens bedste sted at skaffe cocain og hash. - Her er vi udenfor loven, siger de og griner. Umiddelbart ser det ud til, at de klarer vilkårene. I hvert fald amerikanerne. Nordmanden er hårdest ramt. Han lider af stor hjemve og ligner et skelet. Da vi atter står ude i sollyset og friheden, efter en grundig kropsvisitation, er alt forandret. Solen skinner mere klart, og blomsternes farver stråler som aldrig før. Denne følelse af lettelse ovenpå det tunge fængselsmiljø gør, at vi bare slentrer rundt på må og få og nyder det simple faktum, at vi er til og kan gøre lige, hvad vi vil.

Den sidste aften i La Paz var mine to grønlandske veninder alene i byen. Svenskerne og jeg blev hjemme og læste, og gudskelov kom de tidligt tilbage. De holdt sig for en gangs skyld på måtten, og det var skønt, for i morgen skal vi nemlig videre på vores lange rejse mod ukendte mål. (Den evige optimist.)

I toget på vej til Arica bliver jeg ved gud angrebet af en ophidset kvinde (kvinder hader mig øjensynlig. Jeg ved ikke, hvad der er galt med mig. Jeg synes ellers, jeg gør mit bedste for at virke tiltrækkende, men det er måske derfor de hader mig. Min altfor aktive kurtiseren?) Hun farer på mig uden grund og banker mig i maven med sine knyttede næver. Jeg trækker mig tilbage og får Pelles rygsæk i hovedet. Den falder ned fra nettet, og hans yougurt vælter ud over mig fra den dårlige bolivianske karton. Det bliver jeg smurt ind i, samtidig med at serveringspersonalet maser sig gennem gangene med kurve, kar og termokander med varm kaffe, som skvulper ud over mine bukser og sko og gør scenen fuldendt. Det rene galimatias. Klokken 23 når vi grænsen til Chile, og kupeen tømmes. Alle passagerer vælter ud på en snusket station, der ligger bælgmørk i den kulsorte nat. Vi skal skifte tog, og da vi ser et stort lokomotiv nærme sig, tror vi, at det er det, vi skal med, men det er det selvfølgelig ikke. Det kører forbi, og vi må stå og småfryse i læ af et gammelt pakhus. Endelig dukker et kilometerlangt gods og persontog op langt ude på banelinien. Der bliver uro blandt passagererne. Man klumper sammen og presser sig frem. Bolivianerne hanker op i deres pakkenelliker og strømmer ud mod det indkørende tog. Vi følger trop og kravler op i en togvogn, hvor vi finder en kupè som ser tom ud. Der ligger tæpper på alle sæderne, og det er jo dejligt. Så har vi noget at sidde på. Vi slår os ned, for kort tid efter at blive antastet af en hel gruppe bolivianske indianere af begge køn, som gør krav på deres pladser. Dem, de havde reserveret med tæpperne. Men det gider jeg ikke høre på. Jeg bliver rasende og farer op. Er efterhånden dødtræt af det hele og afreagerer på de stakkels indfødte som ren koloniherre. Jeg nyder rollen som stærk mand, indtil en kendelig beruset, skummelt udseende fyr med lang dolk i bæltet, farer frem og tager først Pelle og dernæst mig i brystet, mens han råber eder og forbandelser ind i vores ansigter på et totalt uforståeligt sprog. Han vil smide os ud, men vi giver ikke op, og enden med at tilbringe resten af turen 15 mennesker sammenstuvet i en 6 personers kupe.

Kort efter afgang går lyset ud, og varmen forsvinder. Jeg tænder et stearinlys og sætter det i vindueskarmen sammen med en transistorradio, som spiller sødt for alle vore sure medpassagerer, som vi nu har fået på skødet. Halv fem om morgenen kan jeg ikke holde til mere pladsmangel. Jeg rømmer kupeen og kæmper mig gennem toget til sidste vogn, hvor jeg ser et tomt net under loftet. Der kravler jeg op, og selvom det er trangt og bærestolperne klemmer i rygge, kan jeg ligge helt udstrakt. En stor nydelse er det.

Jeg falder i søvn mens toget bumler videre mod Arica, som fire timer senere dukker frem i disen fra Stillehavet. Desværre er der ikke noget toilet på banegården. Jeg har holdt mig gennem hele togrejsen og er sprængfarlig. Må tage til takke med en afsidesliggende redskabsgård bag et plankeværk.

Med et stort smil på læben og lettet går jeg bagefter sammen med de andre ud i den europæisk udseende by og køber ferskner og is til morgenmad. (Så der igen er noget at skide ud bag et nyt plankeværk! Hund!)

Ovre ved den brede promenade holder alle busserne og derfor også bussen til Tacna, som er den vi skal med. Det koster 1000 Soles for hele turen, og det er rimeligt. Vi skal fra Bolivia tilbage til Peru og må igennem adskillige pas og toldkontroller, hvor bussen finkæmmes for smuglergods. Der er en stadig trafik af varer indover grænsen her, og vi tager gerne rollen som "trafficers"på os, når de søde medpassagerer, som alle er i "traffic" beder os om at holde diverse smuglergods. Vi bliver forsynet med stråhatte og tylsbluser og får anbragt nydeligt indpakkede "gaver" som indeholder kartoner med deodorantspray i vores rygsække. Vi ligner nærmest et karnevalsoptog, når vi defilerer forbi toldkontrollen, og det virker. Betjentene skænker os ikke en tanke. Skøre turister! Vores indianervenner takker os hjerteligt, efter vi har passeret grænsen, og de har fået alle deres varer sikkert gennem. Til gengæld byder de på is, som vi begærligt kaster os over i den steghede luft hernede ved havoverfladen. Vi sidder på holdepladsen i Tacna og venter på næste bus. Det er Peru igen, kan vi tydeligt mærke. Beskidt og en oprørt og hidsig atmosfære. Sure, frygtsomme mennesker og tyve lurer overalt. Pelle glemmer at overvåge sin rygsæk et sekund, og den bliver snuppet af en fyr med solbriller og skævt smil. - Hov, du der! Magdalena når lige at gribe fat i en strop, så han må slippe sit tag og løbe væk. I tasken ligger alle Pelles penge og hans pas! Pyha, det var tæt på!

Ormeno bussen er et stort monster indsmurt i mudder fra de lange ture ad dårlige veje. Den skal bringe os til Arequipa på 8 timer. Gudskelov er sæderne til at lægge ned, og vi finder nogle gode pladser i midten. Derefter er det bare at mobilisere tålmodigheden. Der er utallige stop undervejs, hvor politi og toldere kommer ombord for at gennemsøge vores bagage for drugs. Bagefter skriver de rapport i deres tykke bøger. Det tager tid, og det må vi finde os i. Det er nogle bryske herrer, som det ikke er godt at komme i vejen for. Ruten benyttes til cocainsmugling og er derfor overvåget intenst. Jeg sidder tæt ved Magdalena på hele turen og føler, at hun nyder det. Et fremskridt i vores forhold måske? Jeg har i den sidste tid været mere optaget af at være rejsearrangør end bejler og har også fået min intense "kærlighed" lidt på afstand. Det ser ud til, at det virker. Vores forhold er inde i en mere afslappet fase, og det er godt. Vi lander om aftenen i Arequipa og kravler på stive ben ud af bussen og ned i den ukendte by. Plaza des Armas finder vi dog hurtigt, og ad en snæver sidegade når vi frem til "Håndbogens" førstevalg: Hotel "Exelsior", som er et ydmygt lille herberge med højloftede værelser til pigerne og et lille rum ved siden af toilettet til Pelle og mig. En hurtig dusch for at vaske rejsestøvet af og så ud i byen. Vi er smaddersultne og går i samlet flok let exalterede og snakkende ud for at finde en restaurant. Vi glæder os simpelthen til at få noget at spise.

Der glimter et rødt neonskilt forude: "China Grill". Den tager vi og bestiller nudler til alle. Desværre er disse nudler aldeles forfærdelige. De er indsmurt i en tyk vælling af sukkersirup og må lades delvis urørt. Så får vi en slags grøntsagssuppe, som er hæderlig, og når den følges af et par øl og til sidst en smøg, går det an. Vi orker ikke mere bagefter og går hjem under de svajende træer på torvet til vores lille hotel. Op i seng og bare sove.

Næste dag (og næste og næste og næste... hører det dog aldrig op? Men man må, kære læser, væbne sig med tålmodighed, hvis man vil til bunds i denne beretning fra en svunden tid. Det drejer sig om en ung mand i en ældre mands skikkelse. Han er usikker og forvirret og prøver hele tiden at få orden i sine tanker. Ved at skrive og skrive og skrive, som De ser).

Vi tager til markedet i Arequipa den følgende morgen. Et marked fyldt med liv og højtryks bevægelse fra alle slags mennesker, som myldrer omkring os, hvor end vi kommer hen for at købe noget at spise, og her er rigeligt at vælge imellem.

Vi køber ost, syltetøj, figner og brød og går tilbage til pigernes værelse og varmer vand på Pelles medbragte spritblus til the ved et dejligt morgenbord, hvor udsigten gennem den åbne dør ud mod balkonen og videre ud til gaden, lyset og den milde luft gør os salige og harmonisk forbundne. Vores kvinder sludrer hyggeligt sammen, mens Pelle og jeg blot nyder deres selskab uden at mæle et ord.

Oppe på hotellets flade tag er der plads til, at vi kan stå og vaske tøj, og det gør vi, mens min transistorradio spiller salsa i eet væk iblandet skrigende spanske stemmer som reklamerer for alt lige fra bildæk til hygiejnebind!

Santa Catalina Conventet er et stort klosterområde på over 4 hektar fyldt med utallige nicher og huler og små stræder og værelser i blåt og gult og hvidt og rødt. Det var helt op til 1970 bolig for 450 nonner, som var forment adgang til den ydre verden. I dag er der kun få tilbage. Resten er døde af kedsomhed, må man tro. De resterende lever af at fremstille nonnesæbe og nonnecreme samt nonnetærte og varm cacao, som de serverer i et cafeteria med nonnebroderede duge på bordene. Tærten er lækker og vi spiser med glæde 3 stykker hver! Jeg trækker Magdalena med ud i klostergården og får en af nonnerne til at fotografere os sammen under et stort crucifix.

Måske kan det hjælpe på kærligheden mellem os, tænker jeg, og går ganske rørt med tårer i øjnene alene ud til en guldfiskedam og sætter mig. Her lader jeg mine tanker tage form efter fiskenes bevægelser og får efterhånden ro i mit forpinte hoved. Som afslutning på dette klosterbesøg vælger jeg at kravle op i et tårn, hvorfra jeg har udsigt over byen og den bagvedliggende vulkan "El Misti", hvis sneklædte krateråbning svæver højt oppe i varmedisen som i en drøm. Ved udgangen står de andre og venter på mig. Magdalena tager min hånd, og sammen går vi gennem byen ned til floden, som ligger og glider dovent afsted, blågrå og blank.

Henne ad stien åbner en lysning sig, hvor palæet med det Hollandske konsulat anes bag en mægtig plæne. Her er et diplomatparty netop i gang.

Bygningen er omgivet af en yndig have med rosenbuske og duftende kaprifolier, og der promenerer ambassadedamerne omkring kvidrende som kanariefugle. Vi skråer ind over plænen og indånder i et kort nu diplomatiets grænseløse charme, men må desværre, beskidte og udannede som vi er, bakke ud, mens vi bukker høfligt.

Det er næsten nat. Lyset er vidunderligt gyldent og tryller med alle genstande i rummet. Stjernerne glimter over vore hoveder, vulkanen sender rosa stråler ned mod os, og blomsterne taler larmende i duft og farver. Ja, selv folk på gaden bliver stille og andægtige i denne aften af overjordisk skønhed.

En slange af lysende prikker slynger sig langs floden, og med ét genlyder rummet af knaldende fyrværkeri. Sole og raketter springer op fra fakkeltoget, efterhånden som det nærmer sig. I midten bærer de en helgenstatue, og børn i hvidt tøj danser omkring den. Vi styrter afsted for at slå følge med karavanen og bliver smittet af de højstemte mennesker.

-Vi er i live! Det er den følelse, der griber os. Lidt senere drejer hele menneskemængden op ad en sti, som fører til en lille kirke, hvor de forsvinder.

Vores videre vandring bringer os ind i byens enorme Katedral, hvor jeg sakker bagud, fordi rummets mægtige buer midskibs drager mig op i symmetriens mysterie. Jeg bliver svimmel og må hurtigt ud til de andre for at blive normal igen.

Desværre er vegetarrestauranten lukket, og vi må tage til takke med en uinteressant pizzabar, som serverer pap pizza med vin til, som smager af tis. Kaffen bagefter er fyldt med kanel, og tilsidst får vi banana split med banan uden split!

En skuffelse der opvejes, da det går op for os, at tjeneren har lavet en fejl på 600 Soles. I vores favør! Dagen afsluttes i en udslidt biograf, som viser en ældgammel film med Tarzan og Bo Derek som promenerer åleslank på en strand i Caribien, indtil Tarzan kommer og fanger hende og fører hende ind i junglen i Afrika! Vi gaber henført under hele filmen, og jeg får lov at holde Magdalena i hånden under forestillingen. Juhu!

Jeg har hørt, der skulle være nogle varme kilder med mulighed for et renselsesbad lidt uden for byen. Selvfølgelig skal vi derud og sætter os på en affældig bus for at tage afsted til Banòs Jesus, som badeanstalten så smukt hedder. Efter en støvet tur på flere timer ankommer vi til et skur ved et hegn ind til kilderne, men her er lukket og ingen mennesker. Håbløst. Vi må skuffede, stadig beskidte og svedige køre tilbage igen. Shit.

Dagen efter skal Pelle, Maud og Anne rejse videre uden os. De har en stram tidsplan at overholde. Skal være tilbage i Sverige om to måneder og vil nå at komme både til Guatemala og Mexico inden da. Vi tager afsked med dem ved bussen. Pelle giver Magdalena øreringe som tak, fordi hun reddede hans taske fra tyven og giver hende et kram noget længere end nødvendigt. Han er lige som jeg (og mange andre) betaget af den smukke inuitpige og nok også lidt forelsket i hende. De vinker farvel oppe fra deres vindue, og vi vinker tilbage og er lidt bedrøvede. Det var fine folk at rejse med.

Jeg går ud for mig selv om eftermiddagen. Ind i Katedralen, hvor jeg kan sidde i ro og mag og tælle penge og prøve at få regnskabet til at stemme. Her er ingen tyveknægte, kun Jesus ser begærligt ned på min pengekat, men jeg giver ham den ikke! Pengene, han skulle have haft i kollekten, bruger jeg til the og flødeskumskage i Schweizer Cafeen, hvor jeg møder en ældre tysk kvinde, som bliver interesseret, da hun ser mit kobberarmbånd. Sådan et bærer hun også, og vi får en længere samtale om kobberets magiske virkning på kredsløbet. Jeg føler mig forbundet med hende på en mærkelig måde.

Næste skridt er ørkenen og inkaernes himmeltegn i sandet. Vi duscher og gør os klar. Køber proviant til den lange tur og hopper på Ormenos store slagskib af en bus. Her liv og glade dage! Det lader til, at et helt bryllup er ombord, og de fleste passagerer er berusede. En særlig irriterende herre får lattersalverne til at skylle gennem kabinen ved at gøre nar af min smukke hat, som han drillende udpeger som en dameting. Tror han jeg er bøsse, eller hvad? Jeg sætter mig over i et hjørne aller bagerst, da jeg mærker, at osse Magdalena griner ad mig. Pis. Hele natten sidder jeg i sky isolation og kommer først frem om morgenen klokken syv, når bussen kører ind på holdepladsen i Nasca.

Vi finder et sted med aflang gård, røde blomster og ledige værelser, som vi losses ind i. Klokken halv ni skal vi ud og flyve for at få overblik over disse mærkelige streger eller linjer som dækker et ørkenområde på flere kvadratkilometer. Det påstås at disse "tegninger" er en astronomisk "kalender", men lige nu er jeg skide ligeglad med, hvad der "påstås".
   Jeg ser et katalog fra luftfartselskabet Iberia i receptionen, hvis forside er prydet med store Mirò billeder, og som omhandler den gamle spanske kunstners nære relation til Nasca tegningerne, og er ikke i tvivl om langt større mytisk værdi af disse billeder i ørkensandet end blot og bar "kalender"!

I en spinkel en-motors flyvemaskine sidder pigerne blege af mangel på søvn og tydeligt nervøse for at falde ned. Det er ren rutine, når piloten, en flegmatisk og tavs fyr i brun læderjakke, elegant trækker det lille fly i vejret op over ørkenens brungule sand. Under os ligger et øde og forbrændt landskab. Lave bjerge med spor af fortidige vandløb og brede sletter. Så dukker de første linjer frem. Som geometriske konstruktioner ligger de præget i sandet med en aldeles forbløffende styrke og klarhed. Det er som en meddelelse udenfor sproget om vores allesammens fælles bevidsthed. De store figurer, aben, ørnen og slangen kommer til syne under maskinen. Jeg tager billeder, men lægger apparatet væk og lader blikket finde sine egne veje hen over de store tegn. Det er ophidsende at se disse levende former i så stort format. Joan Miró må have været med, da de blev lavet, i en tidligere inkarnation. Det er jeg ikke i tvivl om. Håbet om en uendelig tilværelse i øjeblikkelig harmoni med hele universet opløses og bliver til sand virkelighed i disse minutter i luften oppe over ørkenen.
Hård landing på den stegvarme jordoverflade. Hjulene hviner og snart holder vi stille og stiger lettet ud i den brændende luft. Vi styrer mod hotellets pool og bliver skuffede, da vi finder den ganske tom og støvet. Eneste løsning på hedeproblemet er en halv time under den kolde dusch. Det hjælper på humøret, og vi tripper ud i byen for at finde nye sandaler til mine piger, mens vi overbeglos af hængende fyre på hvert gadehjørne. Vi griner dem op i ansigtet og lader dem tro, vi lige er landet fra Mars! Køber kolde sodavand til at flade ud med på værelset. Her går det op for Nathalia, at hun har fået fladlus, for hele hendes lagen er fyldt med små levende væsner. Vi banker, ryster og spritter allevegne, hvilket beroliger hende. Magdalena går rundt i bare trusser og lille top og smitter med sin dejlighed. Jeg får lov at tegne et portræt af mig selv på hendes lår med kuglepen.
Meget ophidsende!

Der er Nasca-konference om de hemmelige figurer i ørkenen på turisthotellet i aften, og vi stiller selvfølgelig op. Det er den kendte antropolog frau Reiche, som har viet sit liv til forskning i ørkenbillederne, der skal holde foredrag med overheads. Hun mener, at en hemmelig sekt med direkte forbindelse til væsner fra det ydre rum er forklaringen på de enorme skrifttegn, vi så oppe fra luften. Det bliver spændende at høre, og måske får vi mere at vide om det hele. Men det gør vi bare ikke. Da vi ankommer, viser det sig, at frau Reiche er syg. Hun erstattes af sin søster, som er en sur gammel dame, der forsøger at sælge os en bog, som frau Reiche har skrevet, og det gider jeg ikke, så vi skrider.

Ud og spise kylling på cafe "Hermafroditi" hvor hele personalet er bøsser og maden suveræn. Nu er vi opstemte og finder snart en bar med pisco sour, øl og chips. En fuld mand vil hele tiden snakke, og vi bliver reddet af fire herrer, som præsenterer sig som byens kommunalbestyrelse. De har bil og inviterer på køretur. De virker tilforladelige og vi tager imod tilbuddet. Hurtigt er vi på vej ud af byen i nattemørket i en larmende smadderkasse af en bil. Den ene af mændene er lederen, og roser sig selv ubehersket. De andre har respekt for ham og lader ham udbrede sig om sine fortræffeligheder igen og igen.

Efterhånden som vi kører, begynder jeg at ane, hvor det bærer hen af, og ganske rigtigt så standser vi ved en vejkro, hvor de tager et musikanlæg med ind og begynder at inklinere for pigerne. Det varer ikke længe før Nathalia forsvinder ud i køkkenet sammen med en lavstammet muskuløs skægfyr. De går til den, og de kendte skrig fra hende, når hun boller, runger ud fra det flisebeklædte rum. De andre mænd griner og fester videre. De prøver at få Magdalena med ud i køkkenet også. Det vil hun bare ikke og bliver træt af deres tilnærmelser. Jeg tager hende i forsvar, og de bliver sure og agressive. Den selvrosende fyr træder i karakter som leder og får bragt gemytterne på plads. Vi bliver kørt tilbage, men på vejen går bilen i stå, og det er kun, fordi det sidste stykke er ned ad bakke, og den triller af sig selv, at vi langt om længe kan trække os tilbage til cellens ensomhed og nattens fred.

Grønland.

Jeg kan snart ikke mere! For helvede i fænghullet og Satan! Det eneste der holder mig oppe er at sidde og klapre på denne computer og skrive så hurtigt som muligt. Ikke tænke og uden ophør få sagt ordene. Ondt i lungerne af for mange cigaretter. Ondt i hovedet af for meget vin. Ondt i tankerne af for megen spekuleren. Alting er bare ondt. Åh, hvor jeg dog savner lidt stilhed. Bare ingenting. Hele tiden skal der ske noget. Jeg holder aldrig fri. Hele tiden skal tankerne snakke. Tomme ord, et efter et. Åh, hvilken længsel efter mening. Jeg mærker mere og mere det meningsløse i mit liv. Jeg er træt, tom, udslidt, åh, åh, åh.

Bare jeg kunne blive stimuleret. Det er det, jeg trænger til. Stimulation. Jeg har behov for berøring.

At nogen kommer og rører mig. Jeg har behov for at blive rørt. Jeg er trængt op i en krog og ved ikke, hvad jeg skal gøre. Er alt bare et game? Pyt med det, siger de her. Lad musikken spille, men hvor er jeg henne i alt det? Min ven Hello siger: - Flygt! Men er det løsningen? Jeg tror jeg tager et bad. Det skal gøre godt! Åh!

Nu er det lørdag aften og byen emmer af had og vold og sprut. Karoline blev myrdet i går.

Hun ligger bleg og stiv i Sygehusets kælder. Jeg var og tage afsked. Bagefter hos Hello og få at vide, at jeg blot skulle vride min arm endnu mere. Men hvad mener han med det? Synes han ikke jeg gør nok med at invitere Magdalena ud af dette helvede? og usikkerheden om hun overhovedet vil, og om det i det hele taget bliver til noget. Ventetiden er ulidelig og tåget, og måske bliver vi skudt ved afrejsen af bjørnejægeren, som osse elsker Magdalena. Jeg er bange for selvopfyldende profeti, når jeg hårdnakket påstår, at det er skæbne.

I virkeligheden skulle jeg slet ikke have arrangeret den rejse. Og så til Sydamerika af alle steder! Med Gina var det anderledes. Hun var en veluddannet amerikaner, som elskede mig. Hun ville gerne med til Grønland. Jeg skulle have taget hende med op, og så kunne vi have rejst til Sydamerika sammen, ikke? Ville det have været meget bedre, tror du? (Hvem fanden taler du til? Din mor? Fuck!)

Men Gina elskede jeg ikke som jeg elsker Magdalena. Det er sikkert. Med mindre jeg slet ikke kan elske og det hele er noget, jeg bilder mig ind. (Sansynligt.) Måske for at få hævn over mit forliste liv. Måske er jeg splitterravende tosset eller sindssyg eller gal. Jeg ved det ikke. (Et endog særdeles alvorligt tilfælde af polarkuller!)

Jeg savner nogen til at vejlede mig. Jeg savner Lis, min kone til at vejlede mig. Men hun er væk, og der er ingen til at vise vej. Jeg må gå selv. Helt alene og ved ikke, hvor jeg skal gå hen, for gaderne er så mørke mor, og alting er så koldt. Jeg er bange mor. Så læg dig på min pude mor og syng en lille sang! Du skal trøste mig, men du er der ikke, og så bliver jeg vred og gal og sidder og skriver det hele ned, for på den måde at få orden på mine tanker.(Og lige lidt hjælper det.)

Jeg tænker på liget af den unge pige i nat på sygehusets gulv og på Esajas, som græd og Magdalena og os allesammen og beder til Gud, om han ikke nok vil hjælpe mig til at gøre mit bedste.

I dag blev jeg erklæret sindssyg. Det var Hexen i byen, og det gjorde mig ude af stand til at overskue noget som helst. Det er mit ømme punkt. "Tossen" som de kaldte mig nede i gården. De andre drenge. Jeg lod instinktet overtage og drev den gale kvinde på flugt. Hun nåede at udspy galde, som dog ophæves af Magdalenas ja til at rejse. Nu savner jeg hende bare så frygteligt. (Hexen/Magdalena?) Ja, jeg gør! Hvor længe skal jeg vente på vi kommer rigtigt i gang med hinanden. Du min smukke drøm, som jeg kun kender flygtigt.

Altid disse spørgsmål. Er jeg kvinde tosset? Pigernes fyr, som farer og fløjter med piben i kog hele tiden. Er det det, jeg er? Skal Jeg ustandselig fyldes af nye oplevelser? Uden at opleve noget. Bare tomhed. Tomhedens længsel efter at blive fyldt, men hvem skal fylde mig? Er jeg bedre tom end fyldt? Spørgsmål på spørgsmål uden svar. Håbløst. Jeg må have luft. (Satan!)

Må væk herfra. Ud at rejse alene. Måske er det bedre. Men man er aldrig alene. Er altid i en eller anden relation. Så hvilken relation er jeg i nu? Jeg er på stadig udkig efter Magdalena. Hun bevæger sig ind og ud ad mit synsfelt, og jeg føler mig efterhånden som en forbandet lurer. Hvorfor fanden er jeg så interesseret i hende? Hvad er det, der gør mig så varm om hjertet hver gang jeg ser hende? Det er hendes væsens duft, det er! (Kald det bare lugt. Det er helt i orden din gamle liderlige buk! Suk!)

Jeg kan ikke holde ud at skulle miste hende bare ét sekund. I dag var hun på besøg, og en fos sprang op i mit hjerte ved lyden af hendes stemme. Den har den mest krystalklare klokkeklang. Når hun er i balance vel og mærke og har det godt. Gud give, at alt, hvad jeg gør, bringer hende i balance. Hun er så smuk, og jeg ønsker kun, at hun skal vedblive med at vokse i skønhed. Ikke blive ødelagt, nej!

Det hele drejer sig om at opnå noget. Noget man har sat sig som mål, og det er noget lort, når man ikke får det, ikke? Hvad siger du til en lille lækker pige i sengen, gamle ven? Men sådan er det ikke, selv om du gerne vil have det til at lyde sådan, sugarboy! Jeg kan ikke få hende ud af hovedet og heller ikke ind. Hun er bare en pige ligesom alle andre små piger, jeg bliver forgabet i. Har jeg altid været forgabet i små piger? At ligge og rode med dem og føle alt det rare, du ved. Er det det? Ja, det er dét, jeg trænger til og prøver at gribe efter, og taber selvfølgelig det hele på gulvet. Jeg er så sød og venlig, men i bund og grund er det en gang gas, for jeg vil jo fucke, ikke? Og hun siger, jeg er for gammel, og det kan jeg ikke lide at høre, for jeg vil være ung. Al ting er håbløst. Tomheden skyller ind over mig. Jeg er alene og hader det. Mit håb var en kvinde, og det skulle være Magdalena, men hun er hos en anden, og jeg tror hun forlader mig. Jeg hader at blive forladt. Så kæderyger jeg, som om det skulle hjælpe. Jeg er helt tom udvendig og indvendig. Mit liv er et falsum. Jeg bygger nye forestillinger op, som straks falder sammen. Alt er lige nu det alle værste. Jeg ved ikke, hvad jeg skal gøre. (Pyha for en svada!)
    Venter bare på i morgen. Som sædvanlig. Jeg har altid ventet på i morgen. Det er en gammel historie. I morgen sker det alt sammen. Nu sker der ingenting. Ud over mine arrangementer. Opfundet af mig. Alt er opfundet af mig og jeg er opfundet af mine forældre som er opfundet af deres forældre som...
    Jeg er i lige linje een lang gentagelse.
Det hele er mekanik. Nu bliver jeg tosset. Splittertosset...

I fyrretyve år har jeg rendt efter pigerne. Til sidst blev det bare for meget. Jeg har rendt efter oplevelser i alle de år, jeg kan huske. Først rendte jeg efter min mor. Hun var aldrig hjemme. Jeg havde en gammel bedstemor, som passede mig, når min mor var væk. Hun var blid og venlig, og jeg havde det godt med hende, men hun kunne aldrig erstatte min mor. Mor var skuespillerinde, men faldt og slog sit knæ under en tenniskamp, så hun ikke kunne klare prøverne. Så blev hun telefonistinde. Under krigen, og skulle være væk hele natten. Hun gik om aftenen efter at have givet mig et knus. Jeg lå i min lille seng med tremmer og kiggede op på hende. Hun var pudret og duftede svagt af parfume. Nu må du sove godt, sagde hun, og stoppede dynen ned langs med madrassen og gik. Farvel mor, svarede jeg svagt. Hun havde ladet lyset brænde, men der var ingen hjemme. Jeg var alene.
    Udenfor hørte jeg lyde. Af biler og mennesker og rungende skridt fra opgangen, når nogen kom eller gik. Vi havde to kanariefugle, som sov med et tæppe over deres bur, men de fór bare forskræmte rundt, hvis jeg løftede tæppet. Jeg lå muttersalene og faldt langsomt i søvn og drømte mærkelige drømme om bomber og flyvemaskiner, der styrtede ned og soldater og krig.
    Nu er det længe siden og jeg føler mig gammel. Min skønne og helt igennem virkelige kvinde i Grønland siger det samme. Hun siger: Du er gammel og grim og keder mig i al din ynk!

Jeg er træt nu, så jeg standser alligevel op hos hende og ser i hendes øjne, dybt, dybt inde min død. Min død som mand og bedårer. Min død som mig. Derfor elsker jeg hende. Selvom det gør mig skør. (Ja)

Lige nu kommer hun ind i rummet og beder mig om venlighed. Jeg kan ikke nægte hende den gestus. Hun ringer efter sin søster, som også kommer. Hele dagen har jeg følt og besluttet, at jeg ikke kan eller vil gøre noget mere. Tingene må vokse frit af sig selv. Det eneste jeg kan give dem er min fulde opmærksomhed. Jeg er mig og hun er sig. Vores bevægelser ligger på hver sit plan over hinanden. Vi kan ligge og kigge på hinanden og spejle os i hinandens kærlighed. Samspillet er kun muligt, når de enkelte dele er frit stillet og kan bevæge sig uden hindring i forhold til hinanden. Magdalena var hende der trøstede Jesus. Ved gud. En kvinde, som er i stand til at skabe fred. De eksisterer virkelig! Nu forstyrrer hun mig igen.(Når du har hende, vil du slippe. Du er et øg!) Vil ryge og spise tørfisk. Men jeg kan jo bare se hende og ikke forsøge at ændre noget eller gøre modstand. Jeg næres af et tavst raseri mod fjenden. Den fjende som dybest set er mig selv. Jeg er bange for, at stemningen skal gå i stykker, og alt, hvad jeg gør, lige pludselig bliver ugyldigt.

Jeg savner en til at føre min hånd. Jeg prøver hele tiden at nå op til øverste hylde, men hver gang jeg når den, ser jeg endnu en hylde.

Jeg er dødtræt af hylder.

Mere Grønland.

Ordene og sætningerne som ordene er ordnet i. Lydene som ordene repræsenterer og tingene, lugtene og alt det andet som beskrivelsen videregiver, er alt sammen een bevægelse i helheden, som er dig der læser og mig der skriver i dette øjeblik. Jeg går ind i stuen ved siden af og tager tøjet af. Jeg er helt nøgen. Jeg ser ud ad vinduet og føler mig genert. Føler at jeg ikke kan stå her ved vinduet og kigge ud. Føler at det er det forkerte sted, jeg står og at alt, hvad jeg siger er løgn. Jeg føler mig forrådt, fordi jeg ikke længere tror på det, jeg gør.

Jeg føler mig forrådt af dem der sagde, hvad jeg skulle gøre. Hvor skulle de vide fra, hvad jeg skal gøre? Jeg er forrådt af alle mine læremestre, for de vidste jo godt, at jeg før eller siden selv måtte finde ud af, hvad jeg ville. Jeg er rasende, fordi jeg ikke kan få forløsning for min indestængte energi. Her sidder jeg og skal få kilderne til at springe, men de er frosset til is. Uanset hvor meget jeg blæser varm ånde på dem, vedbliver de at være iskolde. Sådan er det på polerne, hvor snestorme fejer enhver livsgnist væk. Kulden hersker uindskrænket.

En sløv flue bevæger sig langsomt hen over bordet. Den prøver at flyve, men har ikke energi nok til at holde sig i luften og rammer gulvet med et klask, hvorefter den kryber videre på sin håbløse søgen efter sommer og varme.

Jeg har lige været inde hos sygeplejersken, som kører en temperatur på mellem 35 og 40 grader, som passer til, når han får besøg af unge grønlandske fyre. Han er bøsse. Det er jeg ikke. Selvom han forsøger. Han har en lille ækel varmeovn med vifte og det er ikke til at holde ud, så jeg går tilbage til mig selv og kigger atter engang på mit kønsorgan, hvor to små sår er begyndt at vise sig. - Som sædvanlig, tænker jeg, - har du syfilis eller i det mindste mistanke om det. Nå, men sårene skal lige vokse sig noget større, før jeg tager en prøve.(Pis også det!)

Jeg var på ski i dag ud langs snescooter sporet. Pragtfuldt! Hvidt, frit og mildt i vejret og skiene glider, så jeg cykler afsted. I et kvarter sidder jeg med ryggen op ad det kæmpemæssige grønne isbjerg og ser solen farve himlen og de lave fjelde bag Kap Loose dybt rosa. Så hjemad i den rene, iskolde og musestille luft. Hundene ved sygehuset byder mig gøende velkommen. "Smukke" hedder førehunden, som jeg har et særligt forhold til. Den ser på mig med sine sorte øjne og taler om lange, festlige slædeture, vi skal sammen på engang. Jeg befrier skiene for isklumper, mens jeg sludrer lidt om ingenting med Erik-sygeplejerske. Op, og af tøjet og ind under den varme bruser og bagefter ned i køkkenet til sild og varme forårsruller. Skønt!

Hele tiden er der en stemme bag min ryg, der siger: -Hjælp mig ud af mit fængsel, vil du ikke nok? Jeg aner ikke, hvorfra den kommer, men jeg ved den er der og søger at blive hørt, men jeg ved ikke hvorfor. Jeg ved ikke hvis stemme, det er, men jeg tror det er min.
   Den stemme jeg skal forløse. Men det sker nølende og meget langsomt. Det ved jeg. Når jeg skriver "jeg", betyder det ikke andet end, at jeg er til stede som formidler af min stemme. Det betyder ikke spor andet. Tag det ikke for tungt, det der med jeget. Det er kun et ord. Ordet er ikke lig med den ting, det beskriver, vel? Ordet "jeg" er selvfølgelig ikke mig. Det er lidt kompliceret måske, men ikke svært. Det er hele tiden en bevægelse. Er denne skrivende bevægelse. Jeg er denne skrivende bevægelse fra nu af. Faktisk så ved jeg slet ikke, hvad jeg skriver. Det kommer som vand, der pibler op af jorden, og min lille kilde springer med mit vand. Sammensætningen af mit vand adskiller sig fra sammensætningen af alt andet vand. Det er her, det bliver spændende, for både sammensætningen og intensiteten skal registreres af pennen, idet den løber hen over papiret. I de bedste øjeblikke er det som at se ballet. Som at være tilskuer til en dans. Jeg kan ikke sidde her og "bestemme", hvad der skal stå på papiret. Så bliver det tvang og imitation, og det er uskønt og afskyvækkende. Alt der kommer ned på papiret fra nu af er en renselse for mig som skriver, og forhåbentlig også for dig som læser.

Skriften er sjælens noder.

Nu går det bedre, når jeg indser, at jeg ikke skal præstere noget bestemt. Det er det med at præstere, der blokere mig. Totalt. Jeg kan slet ikke spille nogen ordentlig lyd, når jeg hele tiden skal tænke på, hvordan det lyder. Jeg kan ikke først vælge stil og så bagefter putte noget i stilen. Stilen kommer af sig selv, når man har noget på hjerte, og det har jeg. Gud bedre det. Jeg har bare som de fleste andre lidt svært ved at udtrykke det. Men jeg vil ikke gå på kompromis mere. Jeg skriver, hvad der falder mig ind. Let og naturligt. Ja. Derfor skal jeg nok, lidt efter lidt, komme ind på alt det, der skal berettes, men først må jeg lige finde melodien. Jeg har det ellers meget rart nu, og føler mig ikke forpligtiget over for nogen. Det er et privilegium. Jeg kan ikke lade være med at tænke på den gang, jeg gik i skole. Det var en forfærdelig tid. Al ting gik fra hinanden. Jeg vidste intet om det, der skete med mig. Troede at alt hvad jeg hørte, var den rene, skære sandhed. Men det blev jo osse sagt med fynd og klem, ikke? Nu er det anderledes. Skifter linje som det passer mig. Tror ikke mere på de der autoriteter, hvem så end det måtte være. Jeg vil opdage mit eget liv, hvis jeg da har et. Det vil vise sig. Lidt efter lidt. Jeg har foretaget utallige spring i håb om at dumpe lige ned i stoffet, men det går op for mig, at det ikke går på den måde. Man må nærme sig dyret ganske anderledes. Først på afstand og vejre om det overhovedet er muligt at få kontakt. Derefter lidt nærmere, og hvis der stadig er forbindelse, kan man begynde at lugte til sagen. Finde ud af, hvad søren det er for noget. Lytte og se, og forsigtigt røre lidt eller i hvert fald strække hånden frem. Det er det, jeg gør med mig selv. Det er sådan, jeg nærmer mig mit liv. Eller mine oplevelser, eller hvad fanden vi nu skal kalde hele den bunke skrot som er mig. Jeg vil ikke trætte nogen med unødig snak.(Er det ikke det du gør ligenu?) Derfor er jeg hele tiden meget opmærksom på ikke at træde udenfor sporet. Sporet er min skrift på papiret. Der går jeg lige så stille og ser mig om og nyder min nyvundne frihed. Fuglene flyver hen over mit hoved, og jeg aner deres bevægelser som dele af en meget større bevægelse, i hvilken jeg også er. Det er et ægte fællesskab. Det med fuglene.(OK)

Når jeg ser op mod stjernerne, føler jeg mig uendelig. Jeg er ikke vis på om det er en sand følelse, men det er osse lige meget. Bare jeg føler det. For mig er følelserne det vigtigste. Alt det der med at tænke er ikke rigtig mit gebet. Jeg bliver tovlig oven i hovedet, og kan slet ikke holde sammen på det. Så hellere give slip først som sidst og lade følelserne få frit spil. Det er osse mere helt, synes jeg. Tanker er lissom klodser. Følelser er lissom huse. De rummer mig og beskytter mig. Klodserne lukker mig ude. De er afvisende og kolde. Husene er varme og indbydende. Nu, hvor jeg er blevet ældre, er der meget, som ikke før var synligt, der lige så stille er kommet op til overfladen. Min angst f.eks. Før var jeg sgu aldrig bange for noget. Nu er jeg bange for affældigheden, rynkerne og umuligheden i døden. Det skræmmer mig, men når jeg får set nærmere på det, bliver jeg klogere og lader mig ikke så let dupere. (Ja, lad os håbe det...)

Sydamerika.

I bussen til Pisca får jeg et sæde foran en korpulent herre, der hele tiden rumsterer bag mig for at få plads til sine ben. Jeg slumrer ind og vågner ved en brændende fornemmelse langs rygraden. Et kort øjeblik tror jeg, det er en begyndende lammelse og bliver skiftevis kold og varm. Så mærker jeg, at det løber ned på sædet og ind under mine baller. Jeg vender mig om for at se, hvad det er og opdager til min forfærdelse, at manden sidder og lader sit vand ned ad ryggen på mig!. Han holder sit lem mellem tommel og pegefinger og retter fornøjet strålen lige netop derhen, hvor ryglænet hører op og min krop begynder.
Han smiler og fortsætter, som var det den naturligste sag af verden at sidde og pisse folk ned ad ryggen. Jeg råber og beder ham om at holde op, men han bliver ved til han har tisset færdig. Min ophidselse vækker de andre passageres opmærksomhed, og jublen vil ingen ende tage, da det går op for dem, hvad der er sket. Jeg er rasende.
Resten af turen sidder jeg og klæber til stolen i den varme bus. Pisset på så det batter. Pigerne fniser.

I Pisco spiser vi frokost på kirkepladsen omgivet af en flok skolebørn, der gør deres bedste for at forstyrre vores måltid. De kaster sten på vores tomatmadder og skiftes til at skubbe hinanden ind i os under stor larm. Vi flygter væk i en bus, der langs ildelugtende fiskemelsfabrikker bringer os til et hytte-resort ved havet. Her er kun plads til pigerne, og jeg må bo i en dyr villa alene. Jeg lægger mig på den brede seng og drømmer om Magdalena. Det kan man da altid. Bagefter går jeg i bad, ligeledes alene.

Magdalena og Nathalia kommer og besøger mig om eftermiddagen, og vi går ud langs stranden. Det myldrer med havfugle. Store pelikaner svæver lydløst forbi vore hoveder. I brændingen finder vi fantastiske skaller og sten. Vi spadserer en lang tur, mens bølgerne og solnedgangslyset luller vores forstyrrede sind til ro. Vi er i harmoni igen, gudskelov. Det er helt skønt at være ved havet sammen med Magdalena og Nathalia og se deres begejstring for naturen.. De bærer læssevis af muslingeskaller op i deres kjoler og vader ud i det varme vand på deres små skæve ben. Til sidst smider vi tøjet og svømmer en tur, men en formidabel brandmand jager os hurtigt ind igen. Vi skiftes til varmt bad i min dyre bungalov, og bagefter drikker vi vin og ryger cigaretter. Så driver vi over til restauranten og får plads ved et bord. Kokken er en lavstammet fyr med sorte negle. Han serverer os et uspiseligt måltid, hvorefter humøret igen er på lavpunktet. Vi går sultne i seng.

De dårlige erfaringer med resortets restaurant får os til selv at købe ind på torvet i Pisco. Foran min bungalov ligger en åben terrasse, hvor vi stabler et storslået måltid på benene bestående af sardiner og paltas med advocado, tomater, ost og løg. Vin og brød, nødder og figner. Herligt! Solen bager fra en skyfri himmel, og godt mætte lægger vi os i de magelige, polstrede strandstole og flader ud. Bagefter går jeg og Magdalena i vandet sammen. Spændingen mellem os er lige så intens som altid, men til min sædvanlige skuffelse er det "nok se, men ikke røre". Jeg lider i tavshed.

Der er en søløvekoloni i nærheden, og dagen efter drager vi på ekspedition derud. Vi har hyret en båd sammen med nogle andre turister. Havet er i oprør, og det er dejligt at blive luftet ordentligt igennem. Søerne står i store sprøjt ind over os, mens vi passerer nogle klipper med tegninger af tre-armede figurer, som skipper fortæller, er noget indianerne i forhistorisk tid har lavet. Vi må tro ham på hans ord uden rigtig at forstå, hvad disse tegn handler om. Mindre mystisk er de flokke af store pelikaner, som beglor os, mens vi sejler forbi. Ude på de yderste skær dukker de første sæler op, og Nathalia er skuffet. De ligner jo slet ikke dem hjemme i Grønland, råber hun. Det er Stillehavs sæler, siger jeg, men det vil hun ikke acceptere. Det er ikke sæler og dermed basta! Vi fortsætter længere ud på havet til en ø med flere hundrede søløver, der ligger og soler sig og lugter forfærdeligt. Mågerne flyver hen over os og skider os i hovedet. Det bliver bare for meget, og vi afslår at forlænge turen til en nærliggende pelikanø. Alle vil hjem. I strid modvind med krappe bølger bankende ind i stævnen ligger vi under en plastic pressenning og spiser vandmelon, indtil bumpet fra broen lyder, og vi kan hoppe i land.

Min bungalov skal først forlades klokken tre. Nathalia er ude, og jeg får lidt tid sammen med Magdalena, mens vi ligger og bager i solen. Jeg hopper i poolen og spørger om hun vil med, men hun vil hellere brune sin krop. Jeg har svært ved at tage initiativet og gå direkte til hende. Der er et eller andet, der bremser mig. Måske er det aldersforskellen. Jeg er syg med hende, men holder mig tilbage i det naive håb, at hun en dag lægger sig ind til mig, opgiver modstanden og bliver min.

Vi pakker og tager en collectivo til Pisco, hvor vi må vente 3 timer på bussen til Lima. Det eneste pigerne taler om, er nogle fyre, de har mødt i Cuzco, og som de skal se i Lima. Jeg bliver godt sur og går væk for mig selv. Jeg gider ikke høre på deres snak. Jeg bliver holdt udenfor og hader det. Men alligevel varer det ikke længe. Stemningen opblødes, da de kommer efter mig og tager mig under armen og er rare igen. (Søde daddy...)

Så køber vi kager til turen ved en vogn, ryger en cigaret sammen, og kan følges ad hen til Ormeno bussen, som bringer os til Lima på djævelsk lang tid. Klokken er 24, da vi endelig ankommer på en øde busholdeplads uden det mindste hotel i nærheden. Vi må tage en taxa ud i den anden ende af byen til det dyre Hotel Rosa. Det er eneste mulighed og ligger lige ved Plaza des Armas, så det tager vi.

Det er lørdag. Bankerne er lukket, men gudskelov har jeg telefonnummeret på den dame, som jeg deponerede vores pas og penge hos, sidste gang vi var i Lima. Jeg ringer op, får hendes adresse, og tager ud til Miraflor og henter nye forsyninger til vores efterhånden slunkne rejsekasse. Det er planen, vi flyver fra Lima til Quito og derfra tager en afstikker ind i junglelavlandet, hvor jeg vil prøve at få os med en båd ned ad en af Amazonas sidegrene. Jeg vil ordne vores billetter i dag, men alle kontorer er lukkede, så det må udsættes til mandag. I stedet bruger jeg tiden på at skaffe tre billetter til tyrefægtning i skyggesiden på byens store arena i næste uge, og så kan vi gå ud og spise! Der ligger en lille rar restaurant ikke langt fra vores Hotel Roma, som har virkelig veltillavet mad.

Det giver blod på tanden til at gå på jagt efter glæden. Afsted afsted mod første diskotek, som er et amerikansk inspireret dansested med duller i hvide buksedragter og sminke i hele ansigtet. Vi får hver en whisky, og med de priser får vi ikke flere! Efter en halv time bliver her kedeligt og vi drøner videre pr taxa til nyt sted. En stor grotte med vandfald og planter af plastic tæt pakket med svedige mennesker, som puffer og maser til hinanden i en øredøvende larm af latinsk salsa. Der drikkes øl, og vi får fire hver. Ret hurtigt bliver osse dette sted for kedeligt for vores lille selskab. Nyt sted! Lyder det igen og igen fra de rastløse sjæles kroppe. Hen til Plaza San Martin, som er spækket med discoteker på rad og række. Vi tager dem et ad gangen. Ind imellem spiser vi hotdog og drikker sodavand ved en vogn. Det sidste sted, vi besøger, er kun for mænd, men vi får lov at komme ind, hvis pigerne lover ikke at stjæle af "kunderne". Det lader til, at mine to grønlandske venner er meget interesserede i at snakke med pigerne fra bordellet. De bliver sågar tilbudt arbejde, men afslår, da jeg stiller dem i udsigt, at så er bunden nået, og så skrider jeg!

Ude på gaden farer pigerne i totterne på hinanden på grund af en gammel familiestrid oppe fra deres by. Nogle af kunderne fra bordellet forsøger at skille dem ad, men det lykkes først i det øjeblik, vores altid hjælpsomme politibetjent kommer og maner dem til ro. Nathalia vi ikke med hjem, og jeg kører alene med Magdalena tilbage til hotellet, hvor hun smækker døren for næsen af mig, netop som jeg troede, at nu kunne jeg få en chance. Gad vide, hvad der egentlig går af mig. Er jeg gak eller er det polarkuller? Jeg sover ind alene i min seng. Atter en gang.

Mine piger har evnen til at tiltrække sig unge mænd. Det ses ved det opløb af fyre, som samler sig uden for hotellets port. De to grønlændere holder komsammen på trappestenen, og en joint går rundt. Jeg kommer ud og får også et hiv. Min kommentar om et mellemfolkeligt dyreskue skaber stor munterhed. Alle bryder ud i vild latter, og resten af dagen og aftenen med hænger vi ud med gutterne, ryger flere joints og er flade af grin over alting. Selv lille selvhøjtidelige Nathalia griner ad sig selv, og det skal der meget til, skulle jeg hilse og sige!

Der er tyrefægtning! I et stort colosseum midt i Lima by. Fyldt med ophidsede mennesker som vinker og råber, hver gang en ny stakkels tyr bliver sendt ind til den visse død. Nathalia ombestemmer sig i sidste øjeblik. Hun er vant til dyrs død i Grønland, men vil ikke være med til mishandling. Det forstår vi godt, mig og Magdalena, og tager alene afsted.

Min elskede gribes af stemningen og opsluges fuldkommen af sceneriet med de mange farver og den ophidsende musik. Efter 6. store muskuløse tyrs død og en toreadors kvæstelser, hvor han bliver spiddet og dernæst trampet på, er hun hvid i ansigtet, har gåsehud på armene og kryber tæt ind til mig.

Jeg føler hende mere som en datter nu end som noget andet. På vej ud efter forestillingen er der en besynderlig fred mellem os. (Kan det nu vare?)

Lima rinder ud. Vi skal flyve til Quito via Guayaquil kl 9. Vi lukker vores rygsække og sætter os ned i gården og spiser bolle med smør og drikker sodavand til. Nede på Colmena pladsen venter taxaen til lufthavnen, hvor jeg køber Kool cigaretter og film. Vi får lige tid til en café latte, før vi boarder til Guayaquil i en moderne Ecuadorian Airline maskine, hvor de servere rejesalat og bøf! Lander i en allerhelvedes hede og orker ikke at bevæge os, men nøjes med at bese den kedelige havneby fra en bænk i parken med softice i munden og bare tæer. Retur til den kølige airconditionerede transit og videre op i luften til Quito, hvor vi glider ind i en smuk grøn dal med passende temperatur. Hotel Los Andes er et billigt sted ved lufthavnsbussens endestation. Her får vi et større og et mindre værelse i forlængelse af hinanden. Vi går ud i byen, som er stor og støjende. Myldrende biler og busser dirigeres af ihærdige betjente med fløjt og vinkende hænder. Åbne pladser med oplyste kirker efterhånden som vi kommer frem. Et marked syder af liv. Boder med farvestrålende klæder, dampende kar med suppe, frugter og exotiske blomster. Vi er overvældede og søger tilflugt bag en butik med silkekjoler, hvor der også ligger en lille restaurant, fordi Nathalia skal skide. Jeg køber en halv flaske gin. Bordet er ved at vælte, musikboxen kører i samme rille, og Nathalia kommer ud fra lokum med bukserne nede og beder om papir! Jeg river dugen i lange strimler og overrækker hende dem til stor fornøjelse for alle de tilstedværende. De barokke situationer har ingen ende på denne rejse! Maden er lækker med kød, ris og paltasalat og et par pisco sour eller flere til os alle.

Disco! Råber vi i kor og hyrer en taxa, som bringer os til et og så til et andet og tilsidst til stedet, Nathalia har drømt om. Hun er nemlig ved at blive træt af de evige discoteker, som Magdalena elsker. Nathalia vil på "værtshus" og et sådan et er netop, hvad vi endelig finder. Her er kun mænd til stede, og at det tegner godt, ser man tydeligt på Nathalias ansigt, der lyser op i forventningsfuld glæde. Der er både Martinier og Cuba Libre til billige priser i Ecuador og vi sparer ikke på drinks. De vil have franske kartofler, og på vej ud møder jeg en fyr, som hjælper mig med indkøbet. På tilbagevejen foreslår jeg, at han joiner os og håber selvfølgelig på, at han så kan tage sig af Nathalia, mens jeg kan få Magdalena for mig selv, men den går ikke. Han falder pladask for Magdalena og mit "trick" fiser ud i sandet. Han byder på joints, og Magdalena og jeg ryger en ude på lokummet. Vi bliver skæve og kan pludselig tale afslappet sammen. Jeg får sagt, hvad jeg skal, og hun får sagt, hvad hun skal, og jeg mærker hendes tvivl og vægelsind og hendes afvisning af mig som "partner". Det betyder ikke så meget nu. Det, der betyder noget, er, at vi endelig taler sammen.

Senere kommer en ældre, kraftig mand med stort fuldskæg hen til vores bord. Han fortæller, at han er dansk gift og ejer stedet. Han er gavmild og byder på gratis drinks. Efter baren lukker, bliver vi inviteret ind i et sidelokale til coca sniffing. Jeg er usikker på, om det er en god idé, men vover forsøget.

Jeg suger det hvide pulver op i min næse som bliver iskold, og er mærkelig oplivet og ved siden af mig selv. Magdalena falder i søvn på en sofa. Nathalia begynder sin sædvanlige lidt ensformige historie. - I am from Greenland. I don't speak english o.s.v. Tilhørerne bliver hurtigt trætte, og hun søger tilflugt hos en bredskuldret mand med overskæg og et mafialignende blik. Lidt senere glider vi ud i en taxi. Magdalena omklamret af fyren med de franske kartofler, jeg halvt bevidsløs og Nathalia med sin gevinst, mafiamanden med overskægget, som vi skal hjem til. Vi ankommer, og jeg bliver anbragt på en madras i et hjørne af stuen. Jeg er helt groggy og ønsker kun at sove.
Pigerne bliver usikre, fordi mafiamanden trækker en kasse med lårbensknogler frem under et skab for at vise os dem. De siger, de vil hjem, men det vil han ikke have. Han låser døren og stiller sig truende op foran. Nathalia lader som om, hun gerne vil blive. Derfor lader han os andre gå. Han lukker os ud, og Nathalia smutter med, men han når at snuppe hende og trækker hende ind bag porten igen. Jeg er lamslået og ser i min rus Nathalia som lig og senere som lårbensknogle. Kartoffelfyren tager affære og springer op over muren, som er beklædt med afhuggede flaskehalse der skærer ham. Blødende kommer han ned på den anden side og får mafiamanden skubbet væk. Han lukker Nathalia ud, og så kan det nok være, vi får prajet en taxi i en fart og kommer væk.
   Kartoffelfyren vil sove med Magdalena, men hun siger, han skal sove hos mig. Så siger jeg, at det kan hun da gøre,(jeg opgiver tilsyneladende aldrig) men det vil hun ikke, og så forbarmer Nathalia sig atter en gang og lægger sig med ham i den fjederhylende seng.

Vi skal have myggenet med ud i junglen. Det er jeg sikker på, så jeg bruger dagen til at gå på jagt efter nogle. Jeg finder dem efter megen søgen i en sportsbutik. De er dyre, men gode, da de dækker en hel seng. Jeg køber tre. På vores billetter til Quito er der et overskud på 90 dollars, som jeg får refunderet hos Ecuadorian til brug for billetterne til Coca hos Thame. Så er jeg klar og tager hjem og vækker mine unge veninder. De tager med til bureauet hos hr. Velasque, der underskriver vores lovlige adkomst til Coca.
   Vi går ud og spiser en velsmagende frugtsalat og bagefter kylling med øl til. (som giver mig halsbrand). Oppe på værelset ligger vi på vores senge og hører larmende transistormusik, mens vi drikker sodavand, som vi på skift henter nede om hjørnet hos en rar lille indianer i verdens mindste butik.

Vi må op allerede kl 5.30 for at nå vores fly. Taxi til lufthavnen, da der ingen bus går så tidligt.100 sucres. Kaffe og sandwich i cafeteriaet. Vi venter på udkald og ser i køen af passagerer en tropeklædt herre med fipskæg og kone. Vi opfanger danske ord, og da jeg henvender mig, viser det sig at fruen er dansk af fødsel, men har levet det meste af sit liv i Columbia sammen med manden, som er tysker. De skal på junglesafari med "Francisco de Orellana", et flydende hotel eller "flotel" på Napofloden, og foreslår at vi også tager med på den tur.

I flyet møder jeg en tysk plantageejer, som fortæller, at flotellet bare er for turister og ikke giver noget virkeligt indtryk af livet langs floden. Han foreslår, at vi i stedet tager en af de lokale kanoer og prøver at komme op til en lille missionsstation, som drives af en katolsk præst i noget der hedder Loretto.

Med disse to muligheder for vores videre færd, bærer den tomotores maskine os brummende ind over tæt junglevegetation med høje træer, lianer og en ufremkommelig underskov ned mod den lille søvnige by Coca ved Napo floden, hvor vi en time senere lander i varm, fugtig og stillestående luft fyldt med svirrende moskitoer. Pigerne synker sammen under heden, da de træder ud af flyet, og i det øjeblik er der ingen tvivl om, hvor vi skal hen. Beslutningen træffer sig selv. Vi skal ikke op til nogen missionstation. I hvert fald ikke lige nu. Vi skal på hotel-flotel med aircon og det hele og det lige med det samme! Vi lader os sluse ind sammen med ægteparret og de øvrige deltagere på "expeditionen" i bussen, der fører os ned til det ventende flotel.

Kaptajnen, en alvorsfuld herre med store guldringe på fingrene sætter på stedet en pris på 250 dollars for de 3 1/2 dag ophold og safari varer. I min forvirring forstår jeg ikke, at han mener pr person. Jeg opfatter det som prisen for os alle tre og siger ja. Men det er det ikke. Pigerne er allerede på vej til deres lukaf, da det går op for mig, at jeg skal betale 750 dollars, og det er alt for meget. Men fælden er klappet og vi er i den Ecuadorianske turistindustris vold. Jeg lader de mange dollarsedler skifte ejer og spekulerer på, hvordan resten af turen skal finansieres. Nå, kommer tid kommer råd.

Vi får hver vores værelse med aircon og moskitonet og bad. Oppe på øverste dæk er der plastik græs og hvide liggestole, som skal understrege det luxuriøse ved skibet. Der er også bar og et mindre dansegulv. Nedenunder restaurant. Efter et påkrævet bad er der introduktions tur i en lang kano med stor Mercury påhængsmotor ned ad en sideflod. Solen brænder som en fakkel lige ned i hovedet på os. Heden er simpelthen ikke til at holde ud, og mine piger sveder så det driver. Først når kanoen får fuld fart, og vinden blæser forbi os, bliver det til at bære. Vores guide er en høj mørk og lidt kvabset fyr med krøllet hår og pandebånd og lang dolk i bæltet. Han kalder sig Adonis. Et dækkende navn.

Vi sejler tilbage og spiser frokost. Om eftermiddagen går jeg en tur alene i Coca for at finde et sted at bo, når vi returnerer. Klokken 5 om aftenen afsejler hele flotellet ned ad floden.

To enorme pahængsmotorer holder det flydende hus på kurs i den brune flods hvivlende vand. Ikke en vind rører sig. Himlen skifter ustandselig farve under den hurtige solnedgang. Til sidst er den orange og grøn på een gang. Atomeksplosionslignende kumulus skyer stiger op over urskoven, og vi står på det grønne plastik græs og bliver bare væk. Det er kulsort nat på et sekund. Lydene fra junglen trænger sig på, og vi går gysende indenbords for at spise. Efter middagen vises der film med billeder fra floden. Det er en gammel og slidt en, og den knækker hele tiden, men vi ser da nogle smukke blomster og fugle. Vi får morgendagens program serveret. Afsted allerede kl. 6.30 med små kanoer, da selve flotellet ikke kan komme ret langt ned ad floden på grund af sandbanker.

Om natten larmer airconditioneringen lystigt, mens kroppen klæber til lagenet og alt er meget anstrengende.

Vi spiser morgenmad i salonen med spejlæg, ristet brød, the og små stegte bananer. Det hele serveres af hvidklædte tjenere, mens kaptajnen sidder med ved bordet og konverserer os en efter en. Pigerne vækker opmærksomhed. Den danske dame forsøger en samtale med

Nathalia, og Magdalena fniser genert. Ude på broen står besætningen, 5 sorte muskelbundter med krøllet hår og griner. De har for længst oprettet trådløs kontakt med pigerne. Eros er med os, hvor vi går og står. Vi får udleveret gummistøvler og parasol og bliver anbragt på række i den lange kano for at blive sejlet til Limon Coca.

Med fuldt tryk fra to 50 hestes påhængsmotorer sejler vi nedstrøms og har flodens egen bevægelse med oven i farten. Det giver high speed med kølende vind i ansigtet. Solen står allerede højt, og de dybtgrønne skovsider spejler sig i vandet blandet med himlens blå.

Efter en times sejlads drejer vi ind ad en biflod, som bliver smallere og smallere, indtil vi sejler i et rør af siv og lianer og store sammenfiltrede træer. Nu og da går vi på grund. Bankerne ligger tæt under overfladen. Store insekter og spraglede fugle flagrer omkring os hele tiden.

I en bugt står vi af og bliver modtaget af missionsstationens præst, som står oppe på bredden ved siden af en traktor med ladvogn. Vi bliver kørt forbi en landingsbane hen til en hal, hvor vi modtages af en flok danske ornitologer. Det er begyndt at regne, og vi kryber i læ og giver os i snak med danskerne. De har boet herude i 14 dage og har foretaget optegnelser over de fuglearter, der findes. Ved en sø i nærheden findes over 200 forskellige fugle. Det er enestående og tiltrækker ornitologer fra hele verden. De fortæller, at de bor på et lille hotel i byen for 1dollar pr værelse og er sejlet herud fra Misahualli for 5 dollars. De skal hjem om en uge, og jeg tænker, at sådan kan vi da også gøre, når turisttrippet er ovre. Tage ud på egen hånd.

Der dukker en indianer op og fremviser en alligator, han netop har fanget. Ellers virker de lokale passive. Fniser eller glor bare. Præsten kommer og beder os om at gå ned til søen, hvor en båd venter. Vi skal på fugle udflugt. Jeg er ved at være ret skeptisk over foretagenet. Præsten er en underlig en. Han spiller frisk i slaget, som om han hele tiden dækker over noget. Ude på søen bliver jeg endnu mere irriteret, fordi denne "Adonis" hele tiden overdøver fuglenes sang med sine evindelige ornitologiske facts. Hver gang naturen udspiller sig foran os med urhøns og mærkelige pelsfugle, starter han en oratorisk talestrøm, så fuglene forstyrres og flyver væk. Til sidst råber jeg, at han skal holde kæft, og han ser måbende på mig. En tysk pige kommer hen og stryger mig over håret og siger, at jeg er et surt asen. Hun præsenterer sig som "Sigy". Hun er rigtig sød, og jeg tør op.

På tilbagevejen springer den tyske herre, Adonis og jeg i floden. Der er barracudaer, men de er for små til at gøre noget, bliver der sagt. Jeg er ligeglad og dykker ned i det brune vand og nyder friheden og køligheden i min vægtløse tilstand.

I den store hal er der dækket frokostbord med kylling og ris, kartoffelsalat, kiks og appelsiner. Vores "boys" springer omkring og serverer. Bagefter sætter de sig sammen med Magdalena og Nathalia udenfor og snakker "natursprog". Præsten sætter sig på en stol lidt væk fra bordet og begynder sit foredrag med at fortælle om missionen og det linguistiske institut.

- Langt de fleste sprog herude er talesprog uden skrift, og instituttet har sat sig for at transformere disse uskrevne sprog til skreven tekst, så det er muligt at udbrede biblens budskab til de indfødte, siger han messende. Han taler som en præst skal gøre og vrider hænderne, for at vi kan føle alvoren bag ordene. Han virker overbevist om sin egen ufejlbarlighed og udstråler et skin af åbenbaring, som han sidder der og prædiker. De indfødte, siger han, er henvist til et primitivt og åndsforladt liv i overtro og formørkelse.

Det er han med til at vende til det bedre på missionsstationen, hvor de får fast arbejde og lærer at dyrke jorden på den rigtige måde med moderne redskaber og maskiner. De bliver hævet op til civiliserede mennesker og lærer at læse, så biblen kan blive forkyndt for dem.

De får lov til at beholde en begræset mængde af deres indianske skikke i den grad, det er forsvarligt. Han rejser sig og beder os komme med over i butikken, hvor de sælger efterligninger af indianske våben, masker og musikinstrumenter. I er velkomne til at købe, tilføjer han. Det går til opbygning af instituttet. Han fører os videre hen til hovedbygningen, hvor der er opstillet et lysbilledeapparat og en skærm, og her fortsætter hans udgydelser om missionens ufejlbarlighed og nytten af at lære at læse biblens ord. Jeg bliver klam oveni og kan ikke længere holde al den skinhellighed ud. Jeg søger tilflugt på toilettet, hvor jeg får afløb for min galde i en eksplosiv gang tyndskid!

På vej hjem i kanoen påviser mine to veninder, hvor lidt både det skrevne og det talte sprog betyder i forhold til sympatiens tavse spil. Det uoversættelige og ubeskrivelige som hersker overalt, hvor naturlige mennesker mødes. "Pladder", siger vi hver gang vi taler om præsten, og jeg kan mærke, at de mener det.

Næste morgen kl 6.30 (man er vel på expedition…) bliver vi losset ned i kanoerne som det turist kvæg, vi er, og sejler i høj fart ned ad floden til en gangbro "Flotellet" har ladet bygge. Den fører dybt ind i junglen, hvor man kan gå tørskoet og i sikkerhed betragte vildnisset og dets beboere. Der er hærmyrer i rasende fart ad stier, hver med deres lille bladstump, som senere bliver tygget til byggemateriale i tuen oppe i træerne. Adonis kan et trick. Han peger på en tue over vores hoveder og spørger, om vi tror, myrer kan gå i takt. Han klapper i hænderne, og pludselig lyder der taktfaste små smæld som fra et helt regiment soldater oppe fra tuen. Det er myrerne, siger han, der når de føler en fjende nærme sig, tygger bladstumperne i takt. Hele tuen bliver synkron, og tyggelyden, der før var uhørlig, bliver tydelig. Han fremviser osse et "hvidløgs" træ, hvor barken ganske rigtigt lugter langt væk af "garlic", og en lille myre med to store klør lader han sig stikke i armen. – Indianerne bruger den som sårhage, fortæller han.

Der er ingen slanger, men i sumpvandet under os plasker og smasker det. Det er barracudaer på jagt efter middagsmad.

Orkideer hænger ned fra grenene af et enormt træ, hvor Flotellet har bygget en trappe med gelænder. Vi klatrer op i toppen af træet og kan skue milevidt ud over Amazonas regnskov. Det er altsammen meget betagende, men lugter hele tiden af klam turistfidus. For enden af gangbroen ligger der små indianerkanoer og venter. Tre personer i hver padler dybere ind i den grønne verden. Lige før vandløbet vider sig ud til en sø, gør vi holdt og smider snører ud med kødstykker på små kroge. Der opstår et sandt spetakel. Tusindvis af barracudaer kaster sig over kødet. Før vi kan nå at hive op, har de spist det, og krogen hænger tom tilbage. Flere forgæves forsøg. Så er der endelig en der hænger fast, og jeg kan stolt hale en lille flad fisk indenbords. Den har grusomme, spidse tænder, og jeg bryder mig ikke om at tage den af krogen. En af vores "boys" hjælper mig og høster stort bifald hos pigerne.

For enden af søen ligger en hacienda, hvor kaptajnen og resten af personalet står ved en havegril og steger rødt kød og grønne bananer. Her er opstillet borde med brød, salat og frugt. "Grønlænderne" bliver sat i scene til fotografering. Kaptajnen samler på billeder af forskellige folkeslag og er lykkelig over at kunne udvide med inuitter. "Sådan nogle" har han aldrig haft med på sin expedition, siger han.

Tilbage hele vejen med kano og gangbro og så skal vi sørme osse besøge nogle "rigtige" indianere. Det er en lille hytte på flodbredden, hvor en enlig kvinde med to små børn sidder i skyggen og kigger forskræmte ud. Vi får lov at komme nærmere, og jeg har en følelse, som trådte jeg på harekillinger. Adonis foreslår, at vi giver hende penge og til gengæld får nogle små gule bananer, som ligger på gulvet. Jeg giver hende, men vil ikke have bananerne og går væk. Lidt efter kommer de andre gumlende på bananerne!

Vi skal have "krigsmaling" siger Adonis og tager en frugt fra et træ og knækker den. Den er helt rød indeni, og saften bruger han til at male "indianerstreger" på ansigtet af de kvindelige deltagere. Jeg kan se et svagt skær af smerte glide hen over Magdalenas ansigt, idet hun får en rød streg i panden, men snart griner hun også lige som de andre. Vi skal osse over og se "vilde" dyr i bure på en farm, som Adonis kender. Han tager en stor pytonslange ud og slynger den om sin hals. Løgnen og galskaben kryber længere og længere op omkring halsen på mig.

Om aftenen er der "junglespecialiteter" til middag. Hvis det ikke var for Sigy, som kommer mig i møde i baren og låner mig ører, når jeg fortæller om vores færd indtil nu, og senere låner mig krop og sjæl i natten ude på dækket i det grønne "græs", ja, så ved jeg faktisk ikke, hvad jeg havde gjort.

Så snart turistturen med "Fransisco de Orellana" er forbi, tager vi ud i coca for at finde husly. Der er ikke meget at vælge imellem, og vi må tage til takke med et snusket sted, der dog har aircondition, hvilket er en sjældenhed her. Vi sover i den kølige luft til om eftermiddagen og går så ud. Her er ikke rart ovenpå luksuslivet blandt kaptajner, boys og adoniser. Støvet rejser sig i hede skyer op fra gaden blandet med komøg, fluer og en ubeskrivelig lugt af brændt hud. Magdalena bliver tom i ansigtet og Nathalia ser fuldkommen opgivende ud. Trøstesløsheden ovenpå æventyret er tydelig. Selvom det var simili, var det alligevel bedre end dette. De begynder at græde, og jeg aner ikke mine levende råd. Vi står midt på en øde og brandvarm hovedgade og kan ikke røre os. En gammel mand med bylt på nakken standser og betragter os. Så ryster han på hovedet og går videre. Jeg begynder osse at gå. Jeg vender mig ikke om, men går langsomt ud af byen i håb om at finde noget at spise. Jeg bringer en papaya med tilbage. De ligger på værelset i "Hotel Oasis" og stirrer tomt ud i luften. Jeg sætter mig hos Magdalena, som ser ud til at være hårdest ramt. Det hjælper med papayaen, som vi deler med min lille lommekniv og slubrer i os. Tilsidst fniser vi over vanviddet i vores situation. Der er ikke andet at gøre.

Om aftenen går vi ud, og nu er det blevet køligere med dæmpet lys. Vi spadserer gennem byen mod det åbne land. Frøerne kvækker og cikaderne synger skrigende. Himlen skifter fra rosa til guld og derfra til violet for tilsidst at ende i det sorteste sorte optændt af mælkevejens milliarder af stjerner. En varm oplyst hule med julepynt på væggene og en sort kvinde med knaldrød kjole og hvid cigaret stikkende ud af munden står parat til at servere os. En lille pige kommer hen til vores bord og Magdalena og hende finder straks hinanden. De spinder som katte, og en hemmelig ring sluttes. To fyre fra flotellet dukker op og hvisker noget i Nathalias øre og så skal vi pludselig hjem. Her bliver sminkekrukkerne taget frem, og jeg ladt tilbage, mens de to kvinder drager ud mod en ny nats "fortryllelser".

(Det er jeg vant til og orker ikke at ærgre mig. Jeg går i seng og nyder at her er aircondition!)

Grønland.

Det er sandt, at overspisning er forkert, men endnu vigtigtigere er det da, HVAD man hælder i maven, ikke? Nu f.eks. økonomaens aftensmad med "forårs" ruller, som det sgu hedder, og kogte sild og kødpølse og mayonnaise med farve og ketchup med konserveringsmiddel er da en uhyrlighed, og så på et hospital, hvor alt skulle være rettet mod helbredelse. Men sådan er det altid. Folk ved ikke bedre, og fortæller man dem noget andet, bliver de vrede og siger, de ikke ønsker ændringer. Jeg går jo osse derned i køkkenet hver aften og spiser dårlige kødaffalds ruller og sure sild og pølser og får tung, oppustet mave. I stedet skulle jeg hellere følge dr. Kausics råd om spisning. Jeg har læst hans bog om kosthygiejne. Han siger, at to små måltider om dagen er nok. Frugt og grøntsager og kornprodukter for protein og ingen vædske ved måltidet, men gerne en time før eller en time efter. Jeg kan kun give ham ret, men ved ikke, hvordan jeg skal overholde det. Eller rettere sagt; jeg er ikke sikker nok til at lade alt bag mig og køre det program. Derfor er jeg opsat på at finde en til at hjælpe mig. Indtil nu har jeg kun fundet en dødsyg SMUK kælling, som ligegyldigt piller i mine skuffer på kontoret, og som hvæser, når jeg tager om hende. Jeg er altså ude at skide på grund af et par mørke øjne, som ramte mig i hjertet som en pil, og spørgsmålet er, om det samme ville være sket, hvis øjnene sad i et grimt ansigt, hvor smukke de end var.

Jeg mødte engang en pige, hvis underansigt var ædt væk af syfilis. Hun var hæslig, vil jeg sige, men hendes øjne var smukke. Meget smukke. Hun var yderst slagfærdig og indbød mig til sin seng, mens hun fnisende sagde, at jeg var fræk. Jeg veg bort, for jeg var ikke forelsket. Kunne ikke forelske mig i hendes grimhed.
    Kun i Magdalena er jeg forelsket. For hun er smuk. Suk. (Har jeg fortalt dig, hvor idiotisk jeg lyder? Har jeg? Ellers gør jeg det nu.)

Jeg er en selvpiner, der automatisk vælger den sværeste vej. Fordi jeg er doven, vælger jeg den letteste, og det er den sværeste. Impulsivt. Falder for den første den bedste. Når jeg kommer nærmere, bliver jeg skuffet og må i gang igen med en ny.Til sidst bliver jeg træt og falder i søvn.
    Hjemme i min egen rare stue foran fjernsynet sidder jeg, mens min kone er ved at lave kaffe ude i køkkenet. Jeg har fødderne mageligt oppe på marokkopuden. Hunden sover og barnet er lagt. Jeg har tændt en cigaret og har taget det første drag. Mærker røgens vandring ned i mine følsomt kildrende lunger. Jeg har det henrivende.Tankerne kommer og går, mens jeg i genial alvor følger med i det program, de lige for øjeblikket viser om krigen.

Men alt dette er fortid.

Jeg ved ingenting. Basta. Det er mit udgangspunkt. Hver gang jeg vil finde ud af noget, må jeg begynde helt forfra. Det er mine vilkår. Uvidenhed.

Jeg forstår ikke dumhed. Synes det ville være bedre om ingen dumme mennesker fandtes, og alle så klart. Hvorfor gentager og gentager vi de samme fejltagelser? Hvorfor er vi blinde for ting lige foran vores næse?

Hvordan kan vi leve i denne verden uden kendskab til de mest elementære principper som f.eks. at intet opnås ved vold? (Åh, jeg er så klog.) Hvorfor bliver vi ved med at presse vores opfattelse ned over virkeligheden, i stedet for at lade virkeligheden tale selv? (Pissesnak. Selvkontrol. Norm.) Er vi bange for, at virkeligheden ikke kan klare sig uden os? At den falder sammen, hvis ikke vi holder den oppe med vores "opfattelse" af den? Det er da synd, at vi tror sådan noget, for vi ødelægger jo hele tiden livet for os selv. Jeg græder tit over min egen dårskab. (Det er da det mindste, du kan gøre!)

Jeg kan godt forstå det hele, når jeg fiser afsted hen over sneen på mine ski og ser solen brænde på himlen i storslået pragt, uden det er mig, der giver den liv. Så forstår jeg, hvor lidt jeg betyder. At jeg ikke er andet end en prik. Et centrum ud fra hvilket hele universet IKKE drejer, men hvorfra jeg bevæger MIG. Det er mit fixpunkt. Mit søm på væggen, og det er ikke meget, men det er nyttigt til at hænge billeder op på. Billederne kan skiftes så ofte jeg vil (måske?). For her er igen noget som er uklart. Det er jo ikke mig, der skifter billederne. De skifter af sig selv hele tiden, og det er underligt med billederne/tankerne, som skifter inde i hjernen, for hvor er dét henne? Hvor er "inde i min hjerne" henne? Er det et andet rum end rummet her i stuen f.eks? Det er noget svært noget. Der er osse ord og sætninger. En der siger noget og en, der svarer. Lige som to der diskuterer. Det er bedst, når de er enige de to, der diskuterer. Så gør jeg, hvad de siger, men alligevel er jeg ikke glad, for jeg gør det, fordi de siger det, og det er slet ikke sikkert, at jeg har lyst.(Hold da kæft mand!)

Så kommer trætheden, for jeg føler, at der er mennesker inde i hjernen, der ser på mig og får mig til at føle mig dum, hvis jeg ikke gør mig umage og gør, hvad der bliver sagt. Så bliver jeg svag og må have et eller andet, som kan glæde og trøste, fordi jeg har gjort mere end jeg kunne, fordi jeg følte, at jeg skulle, og så er jeg ude at skide og ryger og drikker og vælter lige så stille ned ad slisken til forfaldet og ruinen og det altsammen, fordi jeg ville gøre det hele så godt som muligt. Det er det, der gør det så forbandet svært at leve, at man ligesom fører sig selv bag lyset eller røvrender sig selv, eller hvad skal jeg sige. Smører sig selv, nej bedre PISKER sig selv til at YDE det MAN forventer. For så er man god nok, og det er meget vigtigt, for ellers bliver man smidt UD, og det er det værste.
At blive smidt UD.

Dengang jeg var lille, var min mor aldrig hjemme. Jeg havde kun min bedstemor og hun lod mig være. Men så kom jeg i skole, og der var det vigtigt at være "rigtig", for det var en "fin" skole. Jeg måtte til at opføre mig "fint", lige som drengene fra de "fine" hjem, som gik der, og som lærerne så op til. Jeg gemte mig en gang imellem på lokummet og det var ikke fint! Når jeg kom ud i skolegården, kaldte de mig "tossen". Det gjorde de også hjemme, hvor jeg boede, de store drenge nede på gaden, og jeg kan lige så tydeligt huske, jeg sagde, at når jeg blev voksen, ville jeg krybe ind i mig selv, for så kunne de ikke finde mig. Jeg ville ikke lege med de drenge, som bare drillede og råbte dumme ting, og gjorde mig ked af det med deres tarvelige lyde og stupide grin. Jeg var en sart dreng og ville hellere lege med pigerne med glansbilleder. Men pigerne var osse underlige. De ville have mig til at lege læge, og fik mig til at stikke ting op i deres tissekone. De lege var ikke noget for mig. Jeg ville hellere spille teater og lege artisten som snor sig ind og ud ad et tøndebånd. Eller spille revy og blive sminket og sådan noget. Jeg elskede at spille "roller".

At "skabe" mig. Det kunne mine pigevenner ikke lide. - Skab dig ikke! sagde de, men det forstod jeg ikke. Det var skægt at "lade som om", så jeg "lod som om". I det hele taget. (Hm,hm, og atter hm og host og hulk for hvilken tragedier er vi ikke her vidne til. Total forstillelse. Pyha!)

I sommerferien var jeg sammen med min mors skuespillervenner i sommerhus, og jeg elskede alle de skøre mennesker og drømte om at blive lige som dem.

Her mødte jeg min første forelskelse. En bly og uudgrundelig balletdanserinde fra Pantomimeteatret i Tivoli, som jeg prøvede at lokke ved at købe chokolade til hende. Det hjalp ikke. Hun fandt en ældre fyr med scooter og så var jeg uddistanceret.

I skolen blev jeg truet med udsmidning, hvis jeg ikke læste og bestod og i det hele taget opførte mig, som man forventede det. Min far sagde, at Jeg ville havne på et kontor i et tonefald, der lod forstå, at det var det værste, der kunne ske. Derfor sled jeg som et æsel for at holde mig i sadlen, men med mange udeblivelser på grund af fingeret sygdom. Jeg lå hjemme i min varme seng og slog på termometeret med neglen under dynen, så det sprang lige netop de par streger op, der sikrede mig nogle fridage. Det blev hurtigt surt at ligge i sengen hele dagen. Især om aftenen var det slemt, når man lå og skulle sove kl 10 og ikke var spor træt. Derfor begyndte jeg at skulke og satte mig ind på Hovedbanegården blandt bumser og andet godtfolk, og kom hjem igen til passende efterskoletid og fik serveret varm kakao af min mor. (Fup og svindel fra A til Z !)

Det evige problem er mig selv. (Ja, ja, ja.) Jeg ved det godt, og dog gør jeg ikke noget for at løse det.
Bevæger mig blot i cirkler rundt og rundt om sagen uden at tage springet midt ind i den. Jeg er bange for, at det skulle vise sig at være løgn altsammen. (Hvad det faktisk også er: Een stor stinkende løgn!) Jeg er bange for, at hele mit liv faktisk skulle vise sig at være spildt. Hvis det nu viser sig, at alt hvad jeg har gjort til dato ikke skyldes mig selv, men udelukkende er sket fordi andre ønskede det af mig?(Jeg spiller de roller, man forventer, med bravour!)

Jeg har altid været en nem person, man kunne få til at gøre, hvad man ville. Der er nok sket det, at jeg er blevet voldtaget fra først af, så alle mine handlinger ikke er mine egne, men udelukkende et udtryk for andres mening om mig. Frygteligt! Men jeg tror sgu, det forholder sig sådan. Ikke en skid ægte er jeg. En samling skrot og ophobet ragelse, som jeg går rundt og slæber på.

Det går bare ikke at sige, at nu smider jeg det hele væk, for sådan kan man ikke. (Så er det bare "mig" igen. Rollen, som omprogrammerer rollen til en ny rolle i rollen.) Jeg må møjsommeligt bringe orden i al denne glemsel, i al dette gamle slam, som ligger og forplumrer min tilværelse. Jeg må begynde med hvad som helst, jeg kan huske for at få en tråd, jeg langsom kan vikle ud. Tøvende og usikkert vil det blive, i al fald i begyndelsen, hvor alt ser ens mudret ud og ingen struktur har. Det er bare at tage for sig af retterne, og ikke "bedømme", hvorvidt det ene er bedre end det andet og sådan noget. Op med det hele og lad os se på sagerne. Det skulle ikke undre mig, at hvis jeg lader tingene komme af sig selv, kommer de i en eller anden orden afhængig af deres tyngde. En lagdeling vil vise sig, og så er meget vundet.

Om sommeren spiller jeg på fløjte udenfor. Det er sådan en rar beskæftigelse. Jeg inviterer gæster hjem i haven for at underholde dem. Det er ikke særlig forfinet mit spil. Lader blot tonerne løbe afsted med mig. Det sker at mine tilhørere forlanger dacapo, men der må jeg skuffe dem. Jeg er aldrig i stand til at gentage et nummer. Jeg har det lige som bækken, der kun kan løbe det samme stykke een gang.

Ude i naturen, hvor jeg færdes, hører jeg lyde. Det kan være et isbjergs spændinger, der udløses i nogle ordentlige knæk. Eller en ravns kuldrede skrig, når den vender i luften. Jeg kan også høre min egen stemme, og det er jeg tit bange for. Den kan finde på at sige de forfærdeligste ting, men jeg lader mig ikke skræmme. Den skal have samme frihed som alt andet. Den får lov at sige lige, hvad den vil på vej i sneen ud ad sporet på isen mod øst, hvor solen står rund og blodig rød tæt på horisonten.

Jeg er i dag blevet præsenteret for en bog skrevet af en af mine venner. Han siger i indledningen, at det ikke gør noget, hvis man finder hans prosa beskidt. Han har netop tilstræbt en sådan kvalitet. Han mener, det giver ekstra kulør på beskrivelsen, når det lugter lidt råddent.

Personligt kan jeg ikke gå ind for racediskrimination. Det er for perspektivløst. Jeg ynder heller ikke folkemord. I det hele taget synes jeg, man skulle se at få ryddet op. Lige nu, og jeg vil gerne være med til at foretage en sådan oprydning. Vi kunne f.eks. begynde med Dem. – Hvem er De egentlig? De der sidder og læser nok så frimodigt, hvad jeg skriver? - Er De overhovedet interesseret, eller er De bare her for sjov? - Keder De Dem, og har derfor grebet denne bog for at fordrive tiden? - Er det dét, De gør? - Så svar dog! - Men De er for fej og vil ikke svare. Gemmer Dem bag den anonymitet, som læserattituden giver. De kan når som helst lægge bogen bort og blive fri. - Tror De!

Men sådan forholder det sig ikke. For hvert ord De læser, rykker De nærmere og nærmere mig, og har De først fået smag for mine tanker, kan De ikke lægge dem fra Dem. Det slår rod i Deres bevidsthed. Så vær endelig på vagt overfor, hvad De læser og læg hellere denne bog til side med det samme. Brænd den eller destruer den på anden måde så andre ikke skal komme galt afsted ved at læse den.

Det lover jeg Dem nemlig. Hvis De alligevel fortsætter, vil De ikke kunne holde op med at læse mig, før jeg har sagt mit sidste ord. Jeg gentager: Det bliver mig, der får det sidste ord. Forstår De det?

Han læner sig tilbage i stolen og gnider med tommel og pegefinger sin næseryg. Han stønner hånligt: - Litteratur! Griber kvinden om ballerne, vælter hende om på gulvet, spreder hendes ben og gennemtrænger hende med sit dirrende lem. Oversprøjter hendes smukke øjne med sperm og afslutter seancen med et præcist snit, som overskærer hendes halspulsåre. Blodet sprøjter ud i det tomme rum mellem stjerner og mælkeveje. Han går roligt hjem. Hjem til sin kone og sit barn og sin hund.

Kedeligt? spørger hans kone, men han svarer ikke. Er for oprevet og går hen til baren for at skænke sig en drink. Her møder der ham et syn, han aldrig vil glemme. Den oversavede hests bagpart hænger ned fra loftet, og langs med rebet klæber hans kones inderste ønsker i en slimet masse af hændelser.

Hun vækker ham ved at give ham en syngende lussing. Han vender sig vredt, men da er hun forsvundet.

Min mave er mit væsen. Jeg regeres af min mave. Den sætter de særeste ting i gang. Kan ikke holde rede på noget som helst, når først min mave begynder at kræve. Den forlanger alt af mig, gør den, min mave, og jeg er ikke altid opmærksom på, hvor farligt det kan være. Den bestemmer, hvornår jeg skal spise og hvornår jeg skal faste. Den bestemmer, om jeg skal gå ud eller blive inde. Den bestemmer overhovedet alt. Den sidder lige i solar plexus og lyser. Den lille tingest. En svag pressen opad i hjerteregionen og jeg er leveret.

Den sætter sig ud i mine fingerspidser og holder hele organismen stangen. Kan intet gøre. Har konsulteret en kirurg, men han mente, det ville være for vanskeligt at bortoperere den, og at jeg nok måtte regne med at få lunger, nyrer, lever og galdeblære fjernet først. - Det er det organ, vi nødigst fjerner, fordi det er sæde for så mange GAMLE følelser, sagde han. - Jeg forstår ikke, hvad De mener, svarede jeg, men han gav sig ikke tid til at uddybe det. Havde nok for travlt, for han løb hurtigt videre, og lod mig alene med mine vanskeligheder.

Maven som et selvstændigt væsen, der regerer resten af kroppen. En absurd tanke, for det, der regere, er jo til syvende og sidst hjernen, tænker jeg, og lader lige så stille vandet.

Jeg ser mig i spejlet og møder for første gang mit eget spejlbillede. Det er ondskabsfuldt og listigt. Nærmest som en djævel. Mine to piger plejer osse at kalde mig "diabolo", når de er vrede.

Jeg har aldrig før tænkt på, at det kunne være djævelen selv, som sad i maven, men nu forekommer det mig sandt. Det er selvfølgelig HAM, som er på spil med sin tromme. Han hidser mig op med sine stærke lyde. Den Onde selv. Forføreren, bagvaskeren og sladdertasken. Smiskeren, løgneren og lumskedyret bag min ryg.

Tobak, lir, pir, alt det man ikke må, men som SMAGER dejligt i munden og kønnet og indvoldene og det alt sammen. Som trækker disse slimede lag ud til skinnende membraner, der dirrer af spænding og lyst. OHO!

Sådan er HAN, den store mester med sværdet og de røde gummihandsker. Ham vi ser på operationsstuen i blå kittel under kulbuelampens lys. Brillerne skinner og skalpellen glimter i det øjeblik, bladet snitter sig ned dybere og dybere til de inderste lag af fibre, til den inderste sæk åbner sig, - og barnet springer lyslevende ud med et skrig og er fri! Fri til at sige og gøre lige, hvad det vil.

Det skriger og skriver. Smører ord ud i et frivolt sprog: - Jeg er frivol og forførende!

Selvironi har det også. Kan undvære hovedet, mens kroppen vokser og vokser, som frøen der pustede sig op, til den sprang med et knald. For der er jo ikke andet end luft indeni!

Det hele skyldes maven. Den oppustede mave, fordi vi fik boller, og den lille pige sagde til mig: - jeg kan lide at lave boller! Jeg åd tre, jeg åd fire og fem, til jeg til sidst var så mæt, at jeg sprak.

Jeg gik ud i luften og trak vejret og følte, jeg var kommet på afveje. Jeg var ikke i stand til at sige, hvor jeg var. Jeg var i ingenmandsland, hvor ordene og formuleringerne forsvandt og blev erstattet af tvivlen. Er det rigtigt, det jeg siger, eller er det vrøvl alt sammen. Giver det mening, eller er det noget sludder?

Det er min død, der spørger, og jeg svarer: - Du død, hør lige her! - Jeg er ikke bange for dig og dine spørgsmål. Hvis du virkelig mener, det du siger, så må dét i hvert fald være rigtigt, og når det bliver skrevet ned af mig, må det da for fanden også være rigtigt! Nå, og når jeg så svarer dig: - Skrid, eller tag mig lige nu, du! Så er det allerhelvedes rigtigt, og så vil jeg ikke høre mere fra dig. Offeret er givet. Lammet er dødt, og jeg er født. Du får ikke en fod indenfor, hvis det skal stå til mig!

Dette er ikke at byde nogen allermindst døden trods, men blot at udtrykke, hvad der ligger mig på hjerte. Jeg bliver så let derved. Så let så let. Slutter lægen (sin lange selvretfærdiggørelse) og vender sig atter mod:

Sydamerika.

Om morgenen ligger der to fyre i sengene hos pigerne igen. Jeg råber: Luddere! Og giver dem en opsang, for nu synes jeg fandeme de er gået for vidt.(Kan det nogensinde lade sig gøre?) Jeg skrider og går ned til bådebroen, hvor kanoen mod Misahualli skal afgå kl. 8. De kommer modvilligt slæbende bag mig hen til politiet, hvor vi får stemplet vores pas for udrejsen. Her giver jeg dem endnu en skideballe og fortæller dem om flipperi og udsvævende liv som roden til alt ondt!(Du er simpelthen mageløs!) Lidt efter lægger den store kano til, og vi går ombord. Der er tre lokale passagerer foruden os, og efter posten er lastet, drejer den ud i strømmen, motoren med den lange propel får fuld gas, og så går det ellers i strygende fart ned ad den store flod. Endelig fri af turisthalløjet. Ingen guide med mange ord om hvad vi ser, men blot en ganske almindelig tur på en ganske almindelig dag ned ad Cocafloden. Nathalia taber hurtigt sin kasket med skygge i den kraftige modvind. Den vi købte på det dyre flotel. Den driver væk i en brun hvirvel og forsvinder, og med den de sidste rester af turistflotellet, og alt hvad dertil hører.

Luften er behagelig frisk om morgenen, og vi er efterhånden blevet vant til tropeklimaet og junglen. Der falder hurtigt en stille ro over sindene. Vi sidder bare og døser til motorens brummen, mens bredderne glider forbi i grønne striber. Nu og da dukker en lille samling lave hytter op inde på stranden. Børn står og vinker til os, og vi passerer osse andre kanoer i modsat retning på vej op ad floden. Den er en trafikåre her i de ufremkommelige sumpskove, og dagliglivet leves på den og ved den. Pludselig er der en, der prikker mig på skulderen. - Vi er i Suno nu, siger han. Det er bådførerens hjælper, en ung dreng, og han peger ind på bredden, hvor der absolut intet er at se udover den tætte urskov. - Der, siger han. I det samme drejer båden mod land og standser på lavt vand. Jeg spørger, hvor byen ligger, og folk i båden fortæller, at det er oppe ad en lille biflod, som jeg også kan se nu, hvor de peger den ud for mig. Nathalia stiger som den første ned i det lave vand og beviser dermed, at hun hverken er bange for slanger, krokodiller eller vilde indianere. Jeg er betænkelig, for hvad nu hvis vi farer vild i junglen. Der er jo hverken huse eller mennesker at se. Jeg føler mig som en opdagelsesrejsende i gamle dage og tager resolut springet ud i vandet efter Nathalia. Til sidst hjælper jeg min skønne "jomfru" Magdalena ned fra båden. Vi vader i land og står alene tilbage på bredden, mens kanoen forsvinder bag den nærmeste pynt. I det samme kommer en båd til syne og drejer op ad den lille biflod. Jeg råber den an, og minsandten så stopper den og tager os med. I løbet af 10 minutters sejlads lægger vi til ved et skilt sømmet til et træ. "Puerto Murialdo" står der. Oppe ved missionsstationen og skolen modtages vi af en lille energisk mand med slapt håndtryk.

Det er præsten som viser os hen til stedets butik og herberge, hvor vi bliver indlogeret. Her er tre værelser som alle er i brug. Det er værten Yulios sønner, som bebor dem, men de flytter ud med det samme og rydder deres grej, så vi kan komme til. Vi hænger vores myggenet op over sengene, for værelserne har ikke noget loft, men er åbne ud til det fri blot med et bliktag til at tage af for regnen. Vi er svedige og trænger til et bad, som foregår nede i floden, der er helt uigennemsigtig men dejlig kølig. Man kan ligge og svømme et ganske bestemt sted ude i strømmen og lige netop ikke komme nogen steder. Det er skægt og en lise at lade sig afkøle i den brændende sol. Vi vasker hår og kroppe og forenes i barnlig glæde ved vandet. Nathalia bliver indført i svømningens mysterier af Magdalena, som har lært det, da hun var i Danmark, og de to piger pjasker i timevis og hviner, når de sprøjter på hinanden. Børn fra landsbyen kommer og deltager i festlighederne, mens stedets kvinder står og vasker tøj i floden. Jeg foretager en rekognoscering ind i morasset ad en smal sti, som viser sig at føre direkte ud til den store hovedflod med adkomst til returtransport. Det er beroligende.

Hen under aften er der gudstjeneste ovre på missionsstationen, hvor børnene andægtigt synger salmer under ledelse af den lille præstemand. Det bliver mørkt, og vi får serveret aftensmad i samme rum som butikkens udsalg. Vi er de eneste gæster og sidder ved et klapbord ved siden af et gammelt billardbord og spiser. Det er meget simpel mad. Ris med spejlæg og en tynd suppe og the.

Alt iberegnet med logi og kost skal vi betale 9 kr pr næse i døgnet. Det glæder mig usigeligt, at vi endelig har fundet et sted, hvor vi kan være i fred til en billig penge uden forstyrrende elementer som discoteker og værtshuse, for der er ingen elektricitet, og når det bliver mørkt er den eneste belysning en hvæsende petroleumslampe i loftet. Hønsene går ud og ind ad huset, som det passer dem, og folk er venlige og lader sig ikke forstyrre af vores tilstedeværelse. Vi prøver at fortælle, hvor Grønland ligger, og jeg tegner et verdenskort og ærger mig over, at vi ikke tog billeder med hjemmefra. De kigger interesseret, men opgiver hurtigt at fatte alt det med sne og is, som de aldrig har set. Så vil de meget hellere lege med min lille regne maskine, som også kan spille musik. Pigerne spiller billard med Yulios sønner, og bagefter går vi i seng og ligger og sveder under myggenettet. Junglelyde med fugleskrig og insektkratten høres i den tunge, tætte stilhed.

En transistorradio som bliver tændt og hurtigt slukket igen. Lyde af kroppe i nærheden, som sover og vender sig i mørket. Lige som hjemme i Grønland i fangsthytten, når man ligger og venter på søvnens komme. Pludselig klokken 4, mens det stadig er dunderragende mørkt, begynder hanen på "hanebjælken" at gale lige over hovedet på os!

Varmen, de umagelige senge, myggene og den tidlige vækning gør os forvirrede. Vi vil "videre". Er blevet rastløse af den evige rejsen fra sted til sted og tror efterhånden, at bare vi kommer et andet sted hen, så bliver alt godt. Mens vi sidder over morgenmaden med the og ristede bananer, som lægger en dæmper på vores nervøse indre, indser vi dog snart, at vi har brug for at blive og falde til ro og få vasket vores efterhånden meget beskidte tøj. Mine piger får lov til at låne en stor plastic balje til vores snavsetøj, og sammen med kvinderne går de ned til floden for at vaske. Jeg går med Yulio ind i den dampvarme jungle for at opleve plantagen, som han gerne vil vise mig. Han dyrker kaffe, en smule papaya, kakao og mandariner. Kaffen er det vigtigste. Vi kommer til plantagen, der er en rydning med lange rækker af små træer, hvor kaffen hænger som kirsebærstore røde frugter. Her møder vi hans kone og datter, der er i gang med plukningen. Det er et møjsommeligt arbejde, der indbringer 25 kr pr dag. Det er hvad Yulio får for en sæk bær.

Hver sæk sys sammen og stilles til side for senere afhentning af landsbyens fælles hest. Jeg ser, hvor hårdt arbejdet er. Hele tiden er store stikkende insekter på vej mod vores bare hud, og kaffebuskenes grene river i ansigtet og på armene, når man skal nå bærrene. Sækkene er meget tunge og Yulio sveder stærkt, når han skal manøvrere dem på plads. Alt dette for at vi oppe i Grønland kan sidde på sygehuset og hælde spandevis af sort stimulerende kaffevand i kroppen. Verden er vanvittig, tænker jeg.

På vej tilbage viser han mig sine kakaotræer. Store pølseformede frugter hænger ned fra stammen. Chokoladen, tænker jeg, stammer fra denne frugt. Det er godt gjort. Atter denne meningsløshed i sammenhængen. I begge ender lidelse. Børnene i Grønland lider under fejlernæring og huller i tænderne og Yulio og hans familie lider under et ødelæggende arbejde. Missionen foranlediger det hele. Før Yulio og hans plantage var her indfødte indianere som levede sundt i pagt med deres natur. De havde hverken huller i tænderne eller hårdt dræbende pengearbejde. Nu er det hele ødelagt. Den hvide præst har gjort sit indtog. Jeg græmmes. Den hvide præst...(Er det mig? Er jeg den hvide præst?)

Hjemme sidder de to grønlandske piger og venter. De har vasket vores tøj, og vi springer alle i den kølige strømmende flod. Bagefter bærer vi tøjet op og hænger det til tørre . Maden står parat til os. Herlig suppe og ris med kylling. The og ristede bananer. Derefter Siesta. Om eftermiddagen vil Yulio have os med på udflugt i hans kano. Vi skal ud til den store flod og lidt ned ad den til et sted, hvor han vil vise os noget. Hele familien er med. Den lille datter sidder forrest og lader hænderne glide i vandet mens vi sejler. Hans kone styrer, og selv sidder han og griner og peger ind på bredden, hvor vi skal lande. Vi stavrer op ad en leret skrænt og forcerer nogle tætte buske, før vi kommer ind på et åbent område med slanke træer og bananpalmer indimellem. Alle familiemedlemmer begynder at udstøde høje hyl. Jeg tror, det er et eller andet dyr, de prøver at kalde på og forestiller mig, at det kan være aber eller måske nogle særlige fugle og bliver ærlig talt noget skuffet, når hele underskoven med et myldrer af små sorte svin.

Men sådan er det. Det er Yulios grissebasser, vi er sejlet ud for at se. Han fodrer dem med bananer, som de ivrigt guffer i sig. De er helt tamme, lægger sig på ryggen og lader os klø dem på maven. Desværre er myggene meget nærgående, og vi må ustandselig vifte os med store palmeblade for at holde dem på afstand. Magdalena har fået sig en veninde. Det er Yulios lille datter. De to står tavst med hinanden i hånden og betragter skuespillet. Om aftenen er der ingen tvivl. Vi bliver i endnu tre dage og roen sænker sig over os. Vi spiller skrabnæse og billard og er med til at fange en stor flagermus som har forvildet sig ind i spisestuen. Det er, som alt falder på plads, når vi er med simple folk. Pigerne blive bløde og nemme. Uden alle disse fristelser er de bare dejlige mennesker at være sammen med. Men jeg er stadig forelsket til op over begge ører. Mere nu måske end nogensinde, når jeg ser Magdalena falde på plads i sit rette element.

Jeg låner en lille enmandskano af Yulio og prøver at padle ud på floden. Det er sværere end jeg tror. Strømmen er stærk og fører mig øjeblikkelig nedad. Selv om jeg ror som en gal for at komme frem, bliver jeg drevet tilbage og må bruge alle mine kræfter for lige netop at holde mig oppe mod det stride vandløb. Jeg presser padlen hårdt ned til den ene side og får drejet det lille skib skråt mod venstre og når endelig den anden bred. Henne ved stedet,

hvor de vasker tøj står to drenge og en kvinde og kigger interesseret efter mig. Jeg bliver usikker og er bange for ikke at kunne komme over igen. Derfor trækker jeg kanoen tilbage langs bredden, så jeg har et godt stykke at drive ned på, når jeg sejler ud.
Jeg sætter af og er allerede blevet lidt dygtigere. Kan nu styre og padle samtidig. Det er dejligt at føle sin krop i fuld harmoni med båden og den strømmende flod. Solen bager på min ryg, vandet klukker langs skibssiden og jeg NYDER det!
Hver dag stiller Yulios kone en kande med frisk saft af papaya eller ananas frem til os. Jeg sætter mig og ordner vores papirer og gennemgår økonomien. Der er penge nok til i hvert fald et godt stykke ind i januar, og jeg planlægger vores rute i Caribien. Pigerne sover, og jeg sidder og føler, at denne rejse, skønt den nok har været præget af mange forviklinger, alligevel nu ser ud til at udkrystallisere sig i noget smukt.
Min sult efter Magdalena er stadig lige umættet, og hendes evige holden mig lige netop på nippet, og så ikke mere, er smertefuld, men selvfølgelig også den faktor, der holder skuden i vandet. Sådan er det. Det er rejsens "drive".
Hen under aften dukker piger frem. Petromaxen bliver tændt, og til tonerne fra de latinamerikanske rytmer spiser vi ris, suppe og pommes frites og elsker hinanden på hver vores måde herude i junglen.

Det er bagedag. I køkkenet står konen og bedstemoren og ælter dej i et stort trug. Pigerne er nysgerrige og vil være med. De får hver deres klump og begynder den store bollebagning. Små fine snegle, en kagemand og en kagekone, en stjerne eller et horn. Vi lægger plade efter plade fyldt med snoede pølser, og jeg deltager osse. Bag huset står ovnen som fyres med brænde. Det er en olietønde omgivet af cement, og brændet lægges ovenpå ovnen. Pladerne sættes ind, og snart dufter området herligt af nybagt brød. Folk fra de nærliggende hytter lokkes til, og når bollerne er færdigbagte, bliver de solgt i kræmmerhuse af avispapir til 1 sucre pr styk.
Det begynder at regne. Vandet vælter ned i tykke tove og larmer øredøvende på bliktaget. Vi kryber sammen på værelset og sidder og stirrer ud i det gå tågede lys, mens hønsene skutter sig på bjælkerne over os. Magdalena er begyndt at blive syg. Hun bliver hvidere og hvidere i ansigtet og skider hele tiden. Hun er den sidste af os til at få en tur i dysenteriet. Både Nathalia og jeg har allerede været på den. Så er der ikke andet at gøre end at holde sig til yoghurt tabletter og kogte ris.
Solen kommer frem, og vi lægger os ud på den lille veranda foran huset og lader os gennemvarme. Vi læser og hviler, og om aftenen tager vi afsked med vores venner. Jeg går ud i den cikadelarmende nat. Det er stjerneklart og Orion ser ned på mig og viser vejen, mens Cassiopeias store omvendte M viser betydningen af mit liv. Magdalena!
I dag rejser vi. Vi skal være nede ved den store flod Klokken ét for at praje båden, som kommer underveis fra Misahualli. Pigerne flirter med Yulios sønner og giver kram og kys under afskeden. Der er de sædvanlige parringslyde i luften omkring dem. Jeg blive misundelig. Hvorfor udsender de ikke sådan nogle lyde, når de er sammen med mig? Er jeg bare en gammel læge, som de slæber afsted med for pengenes skyld? Jeg får en alvorlig nedtur, som først damper af i den milde brise nede ved bredden af Cocafloden.
Der bliver sagt pænt farvel til vores værter, og vi lover høfligt at komme på besøg en anden gang. På slaget ét sejler den lange transportbåd ind mod bredden og vi hopper ombord. En af landsbyboerne skal osse med til byen og hele selskabet tager plads. Jeg bliver

placeret ved siden af en tysker som er på vej til Coca fra Misahualli. Han præsenterer sig som "Gerd" og fortæller, at han rejser på egen hånd og er fri til at gøre lige, hvad han vil. Det er noget, jeg ønsker, jeg også kunne gøre. Specielt i min situation med de to grønlandske piger, som til tider kan være noget af en belastning. Det fortæller jeg ham. Han virker sympatisk, og vi beslutter at følges ad når vi kommer i land.

Efter en times sejlads ankommer vi til Coca. For at undgå de triste minder fra sidst, vi var i byen, finder vi et nyt hotel "Auca", der imidlertid viser sig at være lige så inficeret med øl, fisse og hornmusik som det hotel, vi boede på før. - Vi må overleve det her, tænker jeg, og går på udkig i byen efter proviant. Jeg kommer tilbage med små søde bananer, advocado og løg, og det hele indtages ved et havebord udenfor hotellet. Mens vi spiser, spekulerer jeg på, om min mor er død. Ingen ved, hvor vi befinder os, og vi har ikke skrevet hjem længe. Vi kunne lige så godt være døde selv! Det giver et vist perspektiv. Man kan sige, at vi har frit spil. Det sætter sit præg på situationen, og euforien indfinder sig. Jeg bliver igen ham, der er med på den værste, og pigerne mærker mit bedre humør og bliver overstadige. - Vi må ud og more os! synger det i luften, og så tager vi afsted. Gerd kender en bar i nærheden. Den er helt af plastic med et ækelt grønt stroboskop lys, som flimrer i øjnene. Bordene er oversavede træstammer, som vi bænker os om, mens tjeneren sætter disco på anlægget og skænker Cuba-libre og øl op. Vi sidder lidt og stemningen fiser langsomt ud. Vi kan ikke tale sammen på grund af den høje musik. Tjeneren er irriterende og skal hele tiden tørre vores træstamme af, mens hans lille hund ustandselig hopper op i skødet på os. Det varer ikke længe, før jeg er dødtræt af stedet og får de andre til at bryde op. Vi daldrer nærmest ubevidst hen til det sted, vi kender fra sidste gang. Vores gamle restaurant med den rødkjolede sorte pige med de lange øjenvipper. Hun serverer noget varm suppe med miniportioner kylling i, som slet ikke mætter. Humøret bevæger sig langsomt ned mod nulpunktet, især da jeg mærker at Gerd er begyndt at få ejerfornemmelser overfor Nathalia. Han afviser en snakkesalig sort mand fra at ville sidde ved vores bord og gør alt for at jage ham væk. Han vil have hende for sig selv. Det gider jeg ikke være med til og inviterer den sorte fyr til at tage plads. Det bliver Gerd sur over og skrider. Den sorte mand foreslår, vi går på diskotek. Han fører os til et lilla oplyst sted med tylsgardiner foran små båse. Her dukker fyrene fra Flotellet op, og så er festen i gang.

Jeg danser en "pligt" dans med Magdalena og kan ikke holde til mere, men går hjem i seng og vækkes sent på natten af stønnelyde, fnisen og larm fra naboværelserne. Vi er tilbage i samme rille igen. Jeg vrider og vender mig i min ensomhed og jalousien vil ingen ende tage. Pis. Pis.Pis. (Den endeløse masochist.)

Om morgenen hævner jeg mig på mine to damegæster. Det er den eneste måde, jeg kan komme af med min vrede. - Nu skal de fandme have, tænker jeg og går ind på deres værelse og river dem begge hårdt ud af sengene. De er totalt bedøvede efter nattens udskejelser, og det er først, når jeg råber og skriger ind i deres ører, at nu går jeg altså uden dem, at de vågner op. De er sure, er de. Helt usansynligt sure. Jeg går i forvejen, og 50 meter efter mig kommer de tøffende med blege ansigter. Jeg prøver at finde en bil, uret viser 8, og vi skal lette kl 8.30. Jeg bliver mere og mere nervøs. Det næste fly til Quito går først om tre dage, og hvad så? Endelig kommer der en vogn og tager os med. Nathalia kalder mig lede ting, og jeg er rasende. I vognen siger man si, si, når jeg spørger om den går til lufthavnen, men vi kører bare rundt i byen, og tiden går, og vi ser ingen lufthavn.

Med ét holder den ved en mekaniker, og alle stiger ud. Jeg spørger vredt, hvad fanden meningen er, men folk fniser bare ad mig. Jeg stamper i jorden som en lille dreng, river min rygsæk til mig og stormer ud på gaden. Her får jeg prajet en ny vogn, som gudskelov bringer os til landingsbanen i en fart.

Oppe i det lille propelfly falder de straks i søvn.

Indflyvningen over Quito med de røde tage er som sædvanlig superb, og jeg tror, alt er i orden, når vi lander, men nej. Deres bagage og rygsække er blevet væk, og de bliver sure, når jeg prøver at hjælpe dem. De vil selv og hvæser ad mig som to arrige katte. Jeg lader dem løbe lidt omkring og lede, indtil de må give op. Så går jeg på opdagelse og finder endelig det hele bag lås og slå allerinderst i rummet for glemte sager. Efter en længere redegørelse med papirer, som skal udfyldes, får vi endelig rygsækkene udleveret.

Vi kører i taxa gennem et larmende og osende bilmylder ind mod Quitos centrum til Hotel Gran Casino. Undervejs er tavsheden mellem os tyk som vinterisen på fjorden.

I receptionen på Gran Casino står de danske ornitologer. De tager hjerteligt imod os og fortæller, at de kom for to dage siden. Jeg slutter mig til dem, mens pigerne går op på deres værelse. De har opdaget en ny fugleart, som ingen før har beskrevet og er meget stolte. Vi udveksler erfaringer fra junglelivet og er enige om missionens skadelige indflydelse på hele området langs cocafloden. Jeg er træt ovenpå de mange indtryk og går kort tid efter op på mit værelse og falder om.

Vi sover allesammen til om eftermiddagen, hvor vi mødes og går ud og køber trusser og et nyt ur til Nathalia og en kjole til dem hver, nu hvor vi skal op mod Caribien. (Daddy, daddy!)

Vi leder længe efter vores gamle spisested fra sidst, men kan ikke finde det og må nøjes med et dødsygt cafeteria med udkogte kartofler og trevlet kyllingekød. Det bøder jeg på ved at købe en flaske gin, som vi skåler i på pigernes værelse, mens vi forbrødres og snakker ud om alt det, der er sket den sidste tid. Vi griner ad det hele, og vores dårlige humør forsvinder som dug for solen. Sådan er de også, de kære grønlandske kvinder. Fra den dybeste uoverensstemmelse til den dybeste harmoni går kun et eneste skridt. Det har de lært mig, og lærer mig dagligt.- Og det er mig selv, som må tage skridtet!

Vi sætter os ned i hotellets restaurant og møder to fyre, som inviterer os op på deres værelse til en joint. De har en transportabel højttaler med fed rockmusik. Jeg får til opgave at rulle cigaretterne, og vi ryger i andægtig tavshed. Det varer ikke længe, før virkningen indfinder sig. Pigerne får grineflip, og alle bliver "tætte venner" på et øjeblik. Vores nylige forbrødring forstærkes til det tidobbelte, og vi flyder væk på cannabissens blide vinger ud på hotellets trappeopgang, hvor vi pludselig mister orienteringen og farer vild. Det er lidt skræmmende. Da fyrerne tilbyder mere røg, afslår vi. Vi prøver at finde ud, men fanges i en labyrint af trapper og gange og bliver ganske paniske.

Det er først, da vi sætter os tæt sammen, helt stille, at vi genvinder fatningen. Vi kommer endelig ud på gaden efter en overvældende fniseur. Fanger en taxa og kører hen til vores "stamværtshus", som er helt forandret med ny vært og dyre priser.

Pigerne er i højt humør, men jeg kan ikke klare mere og tager hjem. Sent på natten kommer de tilbage og holder en grusom palaver nede i hotellets hall. Jeg ligger og lytter til larmen uden at foretage mig noget og falder hurtigt i søvn igen.

Maria og Tim, som vi mødte i Puno i Peru, og som hjalp os, da vi blev taget til forhør af politiet, sidder nede i restauranten om morgenen. Det bliver et hjerteligt gensyn. Jeg er meget glad for at se dem og de mig. Vi beretter om vores rejses forløb og konstaterer, at vi må være på "samme spor". Det er det spændende ved at bevæge sig nølende og uden alt for faste planer rundt i verden. Man bliver registrator af subtile hændelser, som styrer ens bevægelser. Man "løber ind" i mennesker gang på gang, som man føler, det på en eller anden måde har været hensigten, at man skulle møde...(What?)

Men nok om det (Ja!). Det er i hvert fald super skønt at være sammen igen. Billetterne til Curacao får jeg rekonfirmeret hos KLM, og jeg er på American Express for at overføre penge fra min danske bank. Derude render jeg selvfølgelig ind i Maria og Tim igen, og vi beslutter at spise middag sammen om aftenen. De behandler Nathalia og Magdalena som almindelige mennesker, men Maria har osse arbejdet blandt amerikanske indianere i mange år og ser lighedspunkter øjeblikkelig. Hun betror mig dog, at hun aldrig nogen sinde ville turde rejse ud i verden med dem, og jeg kan kun give hende ret, - nemt er det ikke. I morgen tidlig tager vi via Guayaquil til Curacao oppe i Caribien for at svømme og dykke og alting.

Jubi! Jeg glæder mig!

Grønland.

I går ville Magdalena stjæle sprit fra hospitalet, og da jeg vristede flasken ud af hendes hænder, følte jeg hendes ønske om sprit ebbe ud i nærheden af mig. Jeg holder fast på, at hun ikke skal have det sprit. Hun kan nemlig ikke tåle det. Det ødelægger hende. Hun kan ikke tåle sprit eller hash eller noget som helst andet stof, der stimulerer hendes underbevidsthed. Hun har sin underbevidsthed og sin overbevidsthed i meget nær kontakt med hinanden og derfor i fin balance. Når hun ryger eller drikker bliver det et værre rod. Færdig med hende og færdig med mig.

Jeg bryder mig heller ikke om røg og druk, at I ved det. Alle I som står parat til at dømme. Især Nathalia, fordi hun ikke kan finde kærligheden. Den hun søger og hele tiden er ude efter. Når hun så endelig en gang imellem finder den, ødelægger hun den, fordi hun vil have mere af den. Mere af lykke er ulykke. Lykke er en hel blomst som ikke kan formeres undtagen i tankerne, hvor den kan dyrkes i det uendelige. Uden andet resultat end ulykkelige spekulationer over, hvorfor lykken aldrig kommer. Lykke er altid nu og lykke er altid ny. Hele tiden drejer den rundt og rundt, men ikke i regelmæssige, forudsigelige figurer som man kan følge og være sikker på. Nej lykken bevæger sig frit. I spring, så man ikke kan vide, hvor den lander næste gang. Fordi den ikke selv ved det, før den lander. (Kvanteteori?) Når den er i luften, er den væk og man kan ikke stedfæste den, og når den lander, skal man være meget stille for ikke at jage den væk. Den er som en sommerfugl med flaksende flugt fra blomst til blomst. (Som du kan snakke. Præst!)

Bliver du den næste blomst? Men jeg er ligeglad nu, hvor jeg har spist min morgen kruska grød og har samlet op i mine tanker alt, hvad der sker og hvad det indebærer. Jeg er ikke så frygtsom mere, men ser bare, at jeg må være opmærksom på de sammenhænge, jeg også er en del af, og Magdalena er en del af, og Nathalia er en del af. Byen her og al dens sladder med Amalie i spidsen og for så vidt mange flere og sundhedsvæsnet og landsstyret og regeringen og folketinget og Magten med stort M, som råder over det hele som en stor sort sky.

Det er sgu bydende nødvendigt at få rede på alt det, og jeg vil ikke ligge på den lade side for at finde ud af det. Men hurtige konklusioner får du mig ikke til. (Det er jo løgn!) Nej! Du kan arrestere mig for hvad som helst, og jeg vil fortælle sandheden, som den er for mig. Til Politiet, kommunedirektøren og borgmesteren og alle de andre, som tror, de er så meget, men betyder så lidt, fordi de kun er marionetter for den store magt, som er MIG med versaler.

Eller Jeget eller egoismen, eller kald det hvad du vil. Der sidder hele styrelsen, og den vil jeg til livs. Jeg vil ind og se maskineriet indefra. Ikke al pynten og flitterstadset, som man sædvanligvis ser. Kamouflagen. Nej de dybe indre dele. Kar og nerver. Hjerte, nyrer, lever og tarm. Ikke mindst tarm! Alle involdene vil jeg kigge efter i sømmene. Dissekere magten så grundigt som nogensinde. I skrift, tale og i handling, og hvor finder jeg nemmest adgang til den, hvis ikke i mig selv. I MIG i magten. I MAGTEN i mig. (Frygt?)

Sådan er det, og det skal aldrig blive anderledes. For jeg ved, at når magten får luft, kommer op i luften, så rådner den.(Se frygten i øjnene. Kan du det?) Al denne verdens kryb og insekter, snoge og orme og alt, hvad der overhovedet kan bevæge sig, vil komme og tage del i det store ædegilde, og de tørster, ved jeg, for magten har holdt sig skjult længe. Alt for længe, og det skal ikke blive ved, når jeg bestemmer, og det skal jeg så længe, jeg lever. At I ved det, alle i små sleske løgne, som befinder jer lige her og får fis i kasketten af angst for at miste jeres position på rangstigen, hvor I bekriger hinanden for at komme højere og højere op, indtil I til sidst er på toppen og kan sidde og kigge ned på svineriet med en whisky i den ene hånd og en dulle i den anden og TV tændt for at dulme jeres frygtsomme bævende indre. Løbesod er det! (I mig selv.)
Og jeg vil være skorstensfejer! (God fornøjelse!)

Det er klart, at unge mennesker som indtager cannabis bliver narkomaner, og sådan som De Hr doktor har behandlet den lille uskyldige pige, skal der snart blive en narkoman ud af hende!
    Jeg er målløs. Ikke et eneste ord kan man sige til sit forsvar. WC papir stoppede de i munden på mig, politifolkene, og lod mig sidde der med tilstoppet ansigt. Jeg tror nok, jeg sad en 7-8 år, før det gik op for mig, at stationen var flyttet, og at de havde glemt mig.
    Jeg var bange. Om natten kom rotterne med deres sorte kroppe, lange haler og røde øjne, der lyste ligesom små lommelygter, og jeg sad bare der med munden fuld af WC papir! En dag rejste jeg mig og gik hen og tog i døren. Hængslerne faldt af, døren var pilrådden. Den faldt sammen, og jeg kunne frit gå, hvorhen jeg ville. Jeg spyttede papiret ud, men længe efter havde jeg smagen af gammelt lokumspapir i munden. Det går bedre nu, men jeg kan stadig smage lidt, og når jeg ser en politibetjent kan jeg godt blive syg. Derfor ryger jeg nu og da en pibe hash, og derfor fyrede vi på den tur til Sydamerika en gang imellem en joint. Ligesom vi osse drak snesevis af bajere og flaskevis af rom. Men det får man jo levercancer, skrumpenyre og hjernesvind af, ikke? Nå, men slut med fordømmelse, politibetjente, dommere og retssager. Jeg vil ikke mere føle mig skyldig i noget. Hvis jeg er skyldig i noget, så er det i DET HELE. Så er der faktisk ikke grund til at tale om skyld længere, vel? Altså skyldig eller ikke skyldig kommer ud på et. Jeg er altså fri til at sige lige, hvad jeg vil, og det jeg siger kan lige så godt være løgn som sandt. (Her taler du i hvert fald sandt.) Hvis jeg stræber efter sandhed bliver det løgn. Det er jo klart. Så det gør jeg ikke. Hvad gør jeg så?

Jeg bevæger mig, og min bevægelse har ikke noget navn. jeg er fuldstændig lige glad om man kalder mig bølle eller hvad. Jeg bevæger mig, og det er det vigtigste.

Det bliver værre endnu:

Danebyfjord keder mig. Asiarsiqivik eller sådan noget hedder denne by osse. Det kan staves på mange forskellige måder. Enten Asiarsiqivik eller Arsiarsuk, som de skriver på kommunekontorets papirer. Det er mærkeligt med det her "Grønland" og Arsiarsiqivik, at det er forskelligt hver dag. I virkeligheden er her jo ikke noget bestemt. Det er bare inde i folks hoveder at det eksisterer. Der adskiller det sig ikke en disse fra alle andre byer og samfund i verden. Selvfølgelig er det FANGERE og INUITTER, der bor her, men det er jo til syvende og sidst kun ord. I virkeligheden er det noget helt andet. Det er et forblæst lille sted med meget sne. Der er faktisk sne i 10 af årets måneder, og det præger det. Hundeslæde er stadig meget anvendt og var indtil for få år siden det eneste transportmiddel. Nu er snescooteren kommet og har sat sine spor i byen eller hvad man skal kalde dette lille samfund på 500 sjæle langt fanden i vold.

Vi har skibsforbindelse 2-3 gange i sommermånederne d.v.s. juli og august. Resten af året foregår forbindelsen til omverdenen med fly. De to små satelitbyer Kap Hans og Kap Torsten på hver ca 50 indbyggere er byens "opland". Ellers er der fjorden og fjeldet og elven og himlen, solen og stjernerne og nordlys: "Asarne". Sol hedder "serinaq" – og så ikke mere.

Menneskene er østgrønlændere mest. Nogle få vestgrønlændere, udsendte danskere og fastboende danskere. Det var det. Der er kun få ting, der adskiller os heroppe, men til gengæld er adskillelsen så meget desto større. En dansker er en "kraslunak", og det er ikke godt at være. Så er man lidt dum og grådig efter penge og snakker for meget og skal helst forføje sig, hvis man da ikke vil have tæsk. Eller osse er man "god nok", men det tager mange år. DET er stedets dommer, der dømmer sine beboere. Det er sladderen og de små huses indre værdier. Druk og TV og pis og papir har taget magten og kører løbet uindskrænket, og det er ikke altid lige spændende at se på. Man kan holde sig for sig selv, men må være forberedt på at blive opfattet som sær.

Den offentlige mening regerer, og vè den, der ikke indpasser sig i mønstret, han er dødsdømt. Så han indpasser sig. Det er kulden og sneen og vilkårene i det hele taget, der gør, at det er sådan.

Det at jeg bragte to mennesker ud af byen og rejste med dem helt til Sydamerika, fordi jeg kunne, er en udfordring. Derfor er de to damer også parat til at solidarisere sig med byen igen. Det gør de ved at nedgøre mig og derved rense sig selv.

Det er symptomatisk men ikke særligt rart for mig. Vores afrejse bliver sammenkædet med Isaks død. Man vil have det til at være vores skyld, at han forsvandt i isen en uge efter vi var rejst. At både Isak og Magdalena havde over et halvt år til at blive enige om, hvorvidt hun skulle rejse med mig eller ej, har ingen betydning, og at vi lovede at være hjemme et halvt år efter, er også ligegyldigt. Nej, fuld fart frem med følelserne og fordøm for et godt ord. Det gør det ret utrygt for mig at leve her. For alt kan ske. Jeg er ofte bange. I går var der en fyr, der kom op på hospitalet til mig og sagde: - Jeg kan få dig BRÆNDT for det! Sådan er det. Ikke noget med at lægge fingrene i mellem. Nå, men jeg er ikke en hund, der løber, fordi den bliver truet. Jeg er en hund efter virkeligheden, og det kan sandelig nok være, jeg har fået ris til min røv efter jeg forelskede mig i Magdalena!

Jeg så ind i hendes øjne, og jeg ved simpelthen ikke, hvad der skete. Et spring udenfor min kontrol. Der er ingen vej tilbage nu. Jeg er i gang, og bliver jeg skudt eller på anden måde aflivet her oppe i det fjerne nordlige DANSKE amt, vil mine optegnelser da altid kaste en smule lys over hændelserne.

Caribien.

Det er juleaften. Vi kom til Curacao i går. Vores første indtryk var en masse sorte mennesker i lufthavnen, som alle skulle til Trinidad for at fejre jul. Højt humør og god stemning i den gamle hollandske koloni, og mere fredeligt end i Ecuador. Flyveturen ind over Columbia var flot og afslappende ovenpå den lille afbrydelse i lufthavnen i Guayaquil, hvor jeg på vej op i flyet blev holdt tilbage af en maskinpistolbevæbnet politibetjent. Han ville have en radio, jeg havde taget fra en butikshylde i transitten, fordi man ikke ville give mig de cigaretter, jeg lige havde betalt for. Der var kaldt ud til afgang, men manden i butikken gad ikke fuldføre ekspeditionen og gav sig ganske roligt til at sludre med en ven.

Jeg bad ham skynde sig, men han smilede bare overlegent. Jeg blev sur og greb resolut en lille transportabel radio fra hans hylde og løb hurtigt gennem kontrollen og ud til flyet. Det kan nok være, der kom fart over feltet. Mens jeg stod med hænderne i vejret og havde afleveret radioen, kom cigaretterne op med en anden betjent. Jeg snuppede dem, flydøren smækkede i, og så taxiede vi ud på startbanen og skred. I tolden på Curacao fik de mig imidlertid alligevel ned med nakken. Skæbnen indhenter altid sit offer. Jeg blev ført ind i et lille aflukke, og bedt om at tage alt mit tøj af. Jeg oplyste, at jeg havde opium med, som jeg bruger mod diarre, og straks hentede de glas og kolber og lavede test på min lille flaske. De opførte sig meget ubehageligt og gjorde grin med mig. Der var en ækel tone af magtmisbrug over situationen, og jeg blev ret irriteret, men det gjorde det hele endnu værre. De pissede på mig, de store sorte politidrenge, og det ærgrede mig især, at de skulle lave halløj med mine medbragte præservativer. Dem der aldrig er blevet brugt...

Her er desværre drøndyrt. Det billigste hotel, vi kunne finde, koster over 20 dollars pr person og det har karakter af detention. Der bor kun sorte mennesker, og der er en kæmpe gitterport med hængelås for indgangen. Folk er dog meget flinke, og vi føler os helt trygge hernede i downtown Willemstadt.

Til aftensmad fik vi Kentucky fried chicken på en amerikansk restaurant med aircondition så kold som luften oppe i Grønland!

Jeg bor på værelse med en fyr fra Columbia og pigerne har deres eget dobbeltværelse. Fin ordning, for fyren er gået på julebesøg, så jeg får en god nats søvn alene, mens ventilatoren snurrer beroligende over mit hoved.

Jeg tog ud til KLM i morges for at forlænge vores billetter nogle dage til afgang på mandag. Det giver os tid til et smut op nordpå til en strand, som hedder West Point med gode dykkermuligheder. Der skal vi bo på et rimeligt pensionat, jeg har fundet i "Håndbogen". Jeg har også købt snorkeludstyr, briller og svømmefødder, og pigerne har fået bikinier, så vi er klædt på til den lille udflugt. Desværre har jeg stadig tynd mave og ville have testet mit shit på hospitalet, men de holdt julefrokost med øl og kage og havde ikke tid til at tage sig af mig. Op ad dagen begyndte det at regne. Det styrtede ned, mens vi var på vej over den store pontonbro i Willemstadt, og vi måtte løbe alt, hvad vi kunne hen og søge ly under en presenning. Nathalia blev skidesur og gav sig til at skælde ud. Jeg sagde, at NU gad jeg simpelthen ikke høre på det muleri længere, og det så ud til, at hun forstod, for hun indrømmede for første gang, at hun har nemt ved at blive vrissen.(Succes!)

Herligt! Om eftermiddagen var vi i bad allesammen, og bagefter kom de nye kjoler fra Quito i brug. Det var jo jul!

Vi spadserer altså i fuldt juleskrud ud i byen langs med kanalen, hvor vi møder en lille gruppe joint-rygende unge mennesker. De byder på et hiv, og vi hænger lidt ud med dem, men da de foreslår, at vi allesammen går hjem til en af dem og sniffer cocain, afslår vi og trækker os tilbage. De bliver lidt fjendtlige, og jeg er taknemmelig over, at vi har fasthed nok til at takke nej.

Hen ad hovedgaden bræger julesalmer fra nedhængende højttalere. Det bliver hurtigt for meget. Vi vender om og går over til det lille torv ved KLM, hvor der er en restaurant. Her står en kulsort tjener med en kæmpe diamant i øret og byder os indenfor til Rijstaffel. Det skyller vi ned med kølig rosèvin og danskvand. Bagefter sætter vi os ud på torvet og drikkere the.

En gruppe unge lømler tager os uhæmmet i øjesyn og bruger alle kneb for at komme i kontakt med mine to damer. Pigerne er dog slet ikke interesseret og bryder op og vil videre. Juleaften glider stille afsted. I en bar hygger vi os med nogle gamle gubber, som gør alt for at charmere Magdalena. Det er helt fint og ukompliceret. Vi slentrer langsomt hjemad mod hotellet og får på vejen en mangefarvet is hver i en luxuriøs isbar. Her er en hollandsk familie i gang med at forsyne alle deres børn med pistacheis. En lille pige med lyseblå kjole og stivede skørter er indbegrebet af al denne verdens julehykleri, og sætter os straks i anti-julehumør. Udenfor vores hotel dukker en fin ældre herre op. Han præsenterer sig med et hollandsk navn og lover os et lille juletraktement, hvis vi går med ham hjem. Jeg er lidt betænkelig, men han er hverken muskuløs eller særlig afskyvækkende, så jeg stoler på min intuition. Vi springer ind i hans bil og kører ikke langt fra, hvor vi bor, så jeg føler mig rolig. Vi bliver låst ind i hans kombinerede lejlighed og kontor. Han driver et agentur af en slags, men det går ikke op for mig, hvad det er. Han bor alene, og der er pertentligt og nærmest skingrende rent. Køkkenet med de få redskaber fortæller om en ensom mand, og vi lader os da heller ikke skræmme, men sætter os ned og lader ham servere hvidvin og små ostesnitter. Han spørger os ud om almindeligheder, men jeg kan mærke, at han har noget på hjerte, og det varer da heller ikke længe, før han henter et splinternyt polaroidkamera. Han fortæller, at hans store hobby er fotografi, og at han meget gerne vil tage billeder af os. Det indvilger vi i. Så bliver han en anden. Han vimser ind i naborummet og kommer tilbage med en skærm og fotolamper, som han omhyggeligt montere langs væggen. Han sætter en stol frem, og så skal pigerne posere. Jeg frygter i mit stille sind, at han nu vil til at foreslå pornografiske optagelser, men det er han slet ikke interesseret i. Pigerne bliver blot sat ned en ad gangen, mens han omhyggeligt retter på deres hår og kjoler, til han er tilfreds. Han tager mange ekstrabilleder af Magdalena, og for et syns skyld tager han også et af mig, som han siger, jeg må beholde!

Vi vandrer dydigt hjem kl. 23.30 og går i seng. Juleaften!

Klokken 7 næste morgen står vi veludhvilede op og pakker vores ting. Vi spadserer i ro og mag over broen til busholdepladsen, hvor det viser sig at bussen først kommer en time senere. Det begynder at regne. Vi går i læ under et træ og venter. Endelig kommer bussen, men med den triste besked, at vi skal skifte til en anden bus på halvvejen, og der skal vi også vente en time. Nu regner det stærkt. Vi finder et halvtag at stille os under sammen med en gammel indsunken sort mand, som ikke siger et ord og venter nu efterhånden drivvåde. Sidste stræk er langs med kysten, hvor man dog ikke kan se ret meget i den styrtende regn. Gudskelov holder bussen næsten lige ved vores pensionat, der på et skilt reklamere med "Hjemlig hygge". Værten, en ældre hollænder, tager høfligt imod os, og anviser os et "familieværelse" med en køjeseng til børnene, hvor jeg bliver anbragt, og en dobbeltseng til ægteparret, som pigerne begejstret kaster sig over og hopper op og ned i, så fjedrene hviner!

Regnen er stilnet af. En skarp sol kaster sit lys over det våde landskab. Vi kan ikke vente med at komme ud til havet og skifter til badetøj.

Der går en sti gennem en kratbevokset kløft ned til den nærmeste strand. Den er meget lille, men nu skal det være, og vi tripper alle tre ud i bølgerne. Nathalia bliver forskrækket og søger hurtigt ind igen. Magdalena og jeg går hånd i hånd et stykke videre ud. Der vokser store koraller på bunden med faretruende skarpe kanter, som stikker op bag bølgetoppene. Magdalena vil ikke mere og lægger sig ind for at tørre, mens jeg forsøger at dykke lidt. Det må jeg hurtigt opgive, for vandet er meget grumset og uklart. Selve stranden er heller ikke meget bevendt.

Vi får vores eget bord i den lille restaurant. Værten byder på gratis velkomstdrink, mens hans trivelige kone stikker hovedet frem fra køkkenet og sige hej. Stemningen er god, og alt ånder fred og idyl. Pigerne er trætte ovenpå regnvejret og rejsen og går ind og holder siesta. Jeg går på opdagelse langs kysten til en stor strand, som ser meget bedre ud. Havet er krystalklart. Fint hvidt sand og klipper som står lodret ned mod bunden. Jeg tager snorklen og brillerne på og vader ud for at se, hvad der gemmer sig under overfladen.

Det er dykkervand! Søanemoner klæber til de rustfarvede stenblokke og søpindsvinene bevæger sig adstadigt glidende henover sandet, mens utallige farvede fisk i stimer driver forbi mit ansigt. Jeg ligger i vandet og plasker rundt, mens jeg snakker med en kuffertfisk, som kigger på mig med sine store sorte øjne.

Det er altsammen een bevægelse, som jeg føler mig som del af på lige fod med disse forskellige væsner omkring mig. Min nysgerrighed og min angst forenes, mens stum musik lyder i mine ører. Jeg er euforisk af glæde over endelig at have fundet en slags fred. Det bliver fejret, netop som jeg stiger op af havet, af et steelband og reggea orkester, der har taget opstilling ved stranden. Deres glade toner bølger over det solvarme land og sender mig i ekspresfart hjem til pensionatet for at hente mine damer.

Straks vi ankommer, bliver vi omringet af sorte fyre, som vil snakke og danse med de to piger. Desværre er de osse lidt fulde, og jeg bliver nervøs for, hvad der nu vil ske. Jeg gør anstalter for at beskytte pigerne, men der bliver fyrene agressive. Gudskelov kommer en stor sort fyr hen mod mig og beroliger mig. Han tager mig lempeligt i hånden, trækker mig lidt væk fra selskabet og hvisker mig ind i øret: - Cool man, cool! Pigerne danser videre og finder hver en fyr at gå afsides med. Jeg går slukøret tilbage til pensionatet, og de arriverer småpjankende kl. 5.

Næste dag er helliget badning. Nathalia lærer, hvordan man gør af Magdalena. Hun har aldrig badet i havet før og er lidt ængstelig, men søsteren får hende i gang, og de ligger i timevis og flyder rundt i det varme, lyseblå vand. Inde på stranden leger de unge mænd.

De står på hænder og laver kraftspring, og bagefter styrter de hovedkuls ud i bølgerne. Jeg ser, hvorledes de smidigt og fuldkommen naturligt falder i hak med havet, solen og stranden. Pigerne er genstand for stor opmærksomhed, og især Magdalena får utallige tilbud. Jeg lader dem være og svømmer langt ud fra kysten og ligger på maven i overfladen, mens jeg langsomt driver hen over koralskovene med de blå fisk. Så er jeg væk fra alle fortrædelighederne, og pigernes evindelige parringslyde rager mig en papand.

Om aftenen spiser vi fisk, friskfanget og lækker. Udenfor står de to udkårne, og jeg bliver hurtigt alene. Jeg slentrer ned til en anløbsplads for fiskerbåde, hvor jeg lægger mig i en gammel jolle og stirrer ud i det sorte verdensrum med de utallige lysende stjerner. Roen sænker sig, men det varer ikke længe. Pigerne og deres fyre har øjensynlig udset sig min jolle til opholdssted. De bliver forskrækkede, når de ser mig dukke op i bunden af båden. Fyrene har en joint med, som vi deler. Snart er jeg dog til overs og vralter forstyrret og skæv bort og overlader jollen til dem. (Ha,ha,ha,ho,ho, nyder du det din selvpiner? Måske er det den eneste måde dit tykke panser kan fornemme verden på. Gennem smerte. Ynk!)

Vi kommer sent på stranden næste dag. Marchall, som den ene fyr hedder, byder på joints, og vi ligger og nyder det og bliver småskæve. De har skaffet en robåd og vil have os med ud og sejle. - Vi skal til Kneppe-strand, siger de, og det hedder stranden virkelig!

Pigerne fniser og bryder ud i høj latter. Jeg griner med. Fyrene forstår ingenting og kan ikke se, hvad der er så morsomt. Vi fortæller ikke, hvad ordet betyder på dansk. Det giver mig et lille forspring i forhold til fyrene, og solidariteten os tre imellem varer dagen ud. På "Kneppe" stranden er der stuvende fuldt af mennesker og helt umuligt at kneppe!

Vi bader lidt og ror tilbage igen. Så knækker den ene åre, og Marchall bliver ondskabsfuld overfor Nathalia. Jeg må dysse sindene ned og får åren i orden og sætter mig til at ro, mens de unge elskende sidder med hinanden i hånden og betragter den nedgående sol. (Slaverollen. Den er lige dig, ikke?)

Vi spiser sent og sætter os udenfor nabohuset, hvor der er en bar. Jeg går til ro, men vågner et par timer senere, da værten dundrer på min dør. -Out! råber han lige ind i ansigtet på mig, så spyttet rammer min næse. Jeg er lamslået, stadig sovende og forstår ikke en skid. -Det er ikke et bordel, det her, fortsætter han. -Out! Jeg pakker skynsomt min rygsæk og løber udenfor. Her viser det sig, at ca 25 af egnens unge mænd har taget opstilling udenfor hans hyggelige familiehotel for at vente på pigerne. Det bryder han sig ikke om og slet ikke hans kone! Hun står i døren og råber op om politi og usædelighed. Pigerne ser jeg ikke noget til. Politivognen kører lidt efter op foran huset, og i det samme kommer Magdalena og Nathalia pænt hjem med hver deres fyr i hånden.

Politiet har svært ved at se, hvad forbrydelsen består af, men værten er ubøjelig, og vi fortrækker. Vi får penge tilbage for den sidste nat og bliver kørt af de to i øvrigt meget flinke politimænd ud til et hotel tæt på lufthavnen. Her er der swimmingpool og aircondition, så vi klager ikke!

Lufthavnshotellet Inkluderer en overdådig morgenmadsbuffet med mange forskellige slags friskpresset juice, røræg med bacon, bananabread og yoghurt, og vi mæsker os. Bagefter ligger vi og daser ved poolen indtil afgangstid for flyet til Trinidad. Vi letter ind over et strålende caribisk hav kl 12 sharp og når lige at købe lidt deodorantspray og chokolade før vi lander i Piarco internationale lufthavn. Der går bus ind til Port of Spain, og vi prøver at finde et bosted i centrum, men der er ikke særligt spændende, og i det hotel, vi ser på, er værten uforskammet og afvisende. Vi prajer derfor en taxa og spørger chaufføren, om han kan hjælpe. Han kender et sted lidt nord for byen ved Chaguramas, og der kører vi ud. Det er nedlagte amerikanske basebygninger, som vi kender dem fra Sdr. Strømfjord, der fungerer som hotel. Vi får en lejlighed med stue, køkken og bad og to soveværelser. Udenfor er der en åben grillrestaurant og stor pool. Vi installerer os, og sultne som vi er, kaster vi os begærligt over grillstegte kyllinger og 6 store Corona øl. Bagefter tager vi over i et discotek som har døgnåbent. Her er gang i en fest, og en engelsk fyr med mustache og mørke solbriller kommer os i møde og inviterer på drinks. Vi snakker og udveksler rejseerfaringer, og lidt efter slutter to kæmpestore sorte Kerublignende mænd sig også til selskabet. De er helt glatragede med blåskinnende kranier og virker frygtindgydende, men de er meget venlige og fortæller, at de er udstationerede på en nærliggende militærbase. Musikken kører op i et vildt niveau, og alt andet bliver uhørligt.

Englænderens kone kommer hen sammen med en lille væver brun mand, som hun holder i hånden, mens hun står og danser. Englænderen ser ud til at have noget kørende med en sort pige fra hotellet. Der er kort sagt gang i den her i Trinidad!

Det varer ikke længe før de to Keruber hiver hver deres grønlandske pige ud på dansegulvet. Måske skyldes det angst, måske skyldes det noget andet, i hvert fald sker der det, at Magdalena pludselig river sig løs fra sin store dansepartner og løber hen til mig og trækker mig med ud i en tæt dans. Hun presser sin lille varme krop mod min, og jeg bliver ør og begynder at blive ophidset. - Hvad er nu det, tænker jeg. - Jeg er jo vant til at leve i cølibat og nu det her?

Men det varer ikke længe. Med et slipper hun mig og løber over og danser videre med keruben. - Nå, men jeg kan jo altid sætte mig op i baren og se på, tænker jeg - som jeg plejer!

Keruberne vil ryge og foreslår, at vi alle sammen går over i vores lejlighed. Der fremstiller de tre kæmpestore joints, som en efter en går på omgang, mens vi drikker rom og cola.

Det er nu blevet aften. Vi tænder nogle stearinlys på et lavt bord, og stemningen bliver tyk, tung og erotikmættet. Nathalia ligger allerede i sofaen sammen med kerub nummer et. Magdalena sidder lidt stille mellem mig og kerub nummer to, og jeg mærker hende stærkt. Hun læner sig ind imod mig, og et kort øjeblik tror jeg, det er for at komme mig i møde, men så ser jeg, at det skyldes, at hun er ved at løsne sine sandaler! Hun skubber dem af og lægger sig tæt op til sin kerub. Jeg lister ud i køkkenet, lukker døren bag mig og lægger mig på den lille opredning, mens parringslydene inde ved siden af blander sig med lydene fra ophidsede cikader udenfor. Jeg beslutter at opgive alt. (Men det har du jo gjort allerede. Kan man opgive alt flere gange? Så er det vel ikke ALT.)

Jeg er så træt, så træt, så træt. (Stakkel!)

Men... om morgenen er jeg atter frisk som en fisk og tager med en gæst fra nabohuset i bil ind til Port of Spain for at hente post og ordne vores billetter videre. (Se bare! Du har virkelig opgivet alt. Du ejer jo heller ikke de damer, vel?)

Manden er fra Trinidad, men uddannet i England og meget kultiveret. Han inviterer på morgenmad i Trinidad Hiltons restaurant, hvor vi konverserer om international valutahandel og Trinidads stilling i det caribiske samarbejde! Han lover at køre mig tilbage til hotellet igen, når jeg er færdig med mine ærinder. Jeg går hen og bestiller plads på den danske båd "Gelting" som skal sejle os over til Tobago. Bagefter til Cubanas kontor, hvor de ingen oplysninger har om vores reservationer. De beder mig kontakte BWIA, når vi kommer til Tobago. På vej hjem køber vi friske kokosnødder, som afskæres i toppen med et raskt snit fra en machete. Det ser dristigt ud, når han gør det, manden, og han kan da også stolt fremvise en hånd med kun to fingre!

Tilbage i huset sover hele herligheden, men da jeg kommer, står de op. Keruberne er meget flinke og laver varm cacao til mig. De giver også hver af pigerne en flot militærskjorte, og det kan nok være det falder i god jord! (Som tak for knald. Hvad i helvede er det, der foregår?)

På "Gelting" færgen viser det sig, at en af sømændende er grønlænder fra Narssaq, og glæden er stor ved mødet med ham. Pigerne falder ham om halsen, og inuitsproget kommer til fuld udfoldelse. Vi bliver inviteret til TV fra Danmark og Grønland over deres satellit og på videomaskine og sidder lige pludselig og ser gamle film med "Olsen Banden", som de elsker. De serverers en stadig strøm af øl og spiritus, og overfarten til naboøen Tobago går strygende. Ved midnatstid er vi i havn i Scarborough, og inden vi går fra borde, bliver vi inviteret til grillparty på agterdækket nogle dage efter. Senere badetur med hele besætningen, som alle er danske, ud til det berømte Pigeon Point.
   Ingen ledige hoteller i nærheden af havnen på grund af julen, men en venlig fyr med rastahår og smilende hvide tænder hjælper os et stykke hen ad promenaden til "Tropikist", som har værelser med aircondition og veranda mod havet.
   Vi er hurtigt ude ved en lille bar på stranden, hvor reggaetonerne strømmer os i møde, og hvor farvede folk i kulørte kostumer danser med bløde bevægelser, så vi ikke kan lade være med at danse med.

I aften er det nytårsaften. Vi bader hele dagen og spiser hotellets menu, mens TV sender nytårsprogram. Men det bliver hurtigt for kedeligt. Vi spadserer ned til Crown Point Hotel, som er stort med dansehal, rund bar og et festklædt turist-nytårspublikum. Her mingler vi og får straks en halv snes fyre på slæb. Et 30 mands steelband er i fuld gang hele tiden, og vi danser omkring, som var vi fastboende gæster. Kl. 12 slukker alt lyset, og vi skåler med gud og hvermand. Bagefter går vi tilbage til vores lille strandbar og fortsætter. To fyre tager med pigerne hjem. Om morgenen kommer yderligere tre fyre på besøg, og det er et syn for guder, når Nathalia i den ene side af den store dobbeltseng overkommer de mest halsbrækkende akrobatiske numre med en sortkrøllet herre, mens Magdalena ligger og sover sødt i den anden side, og resten af fyrene inklusive mig selv sidder i kreds udenom og ryger joints og griner. Nu er der ingen hæmninger mere. Det er ren rutine. Lidt efter er Magdalena i gang ude i badeværelset, og sådan går det hele tiden. Jeg føler mig efterhånden som medvirkende i en "sengekant" film!
   Dagen efter tager vi ind til byen og går ned i havnen, hvor færgen "Gelting" ligger og venter på os. De har dækket op til stort nytårsbord på agterdækket, og kaptajnen og hans datter tager imod med fyldte champagneglas, som vi skåler i og ønsker hinanden godt nytår. De har ikke sparet på noget, der på skibet. Vi får oksemørbrad og bagte kartofler og grøntsager og tusind slags salat med øens frugter. Vin i stride strømme og bagefter går vi i byen. Vi er inviteret til at sove ombord. Jeg går tilbage til "Gelting" forholdsvis tidligt stadig

med efterveer fra nytårsaften. De andre kommer først hen på morgenstunden. Nathalia og maskinmesteren fra Narssaq er blevet forenet, og der er vist også noget mellem styrmanden og Magdalena. Vi bænkes om et storslået morgenbord med bacon og æg og juice og dit og dat, og bagefter triller vi allesammen ud til Pigeon Point. På vejen fortæller de, at de arbejder to måneder og holder fri i een. Det er en meget behagelig tilværelse, for havet er som regel roligt, og der er ikke overvældende mange passagerer.

På Pigeon Point er stranden som South Pacific. Hvidgul med palmer der svajer ud over vandet. Havet er glasblåt med grønne strøg, og sandet er det blødeste, jeg nogensinde har trådt i. Vi gør holdt under en sivbeklædt tagkonstruktion, og hovmesteren dækker op fra frysecontaineren. And og steg og kolde øller, mens vi andre springer på hovedet i bølgerne.

   Efter vi har spist og slumret en times tid, går det atter løs. Leg på stranden med kasteskive, rom og cola med isklumper under halvtaget og svømme-dykke-plaskeri.

   Pludselig bliver der så mærkeligt stille, og alles øjne rettes mod en energisk arbejdende "genstand" ca 30 meter ude. Det er Magdalena og maskinmesteren, der for åbent tæppe udfører den svære kunst at bolle i uroligt vand. Der er en fnisen og grinen, og da forestillingen varer ved, ender det med at hele mandskabet kommer med taktfaste tilråb. Totalt udasede og forpjuskede kommer de endelig ind, og Magdalena smider sig fladt på stranden og falder i søvn. Om aftenen har folkene bestemt at beholde pigerne ombord. Jeg tager altså alene hjem.
Gudfader bevares!

Da jeg forlod skibet, var der ingen ende på mandskabets rosende bemærkninger om min udholdenhed og udadelighed som rejseleder for de to grønlandske piger. - Vi beundrer din tålmodighed, sagde de, og jeg må tilstå, at det varmede. Trods alt. Gudfader bevares!

   Jeg checker os ud fra "Tropikist" og flytter vores grej over på "Sandy Point Beach Club", som er et mindre og billigere foretagende med eget køkken, så vi selv kan lave lidt mad.

Om aftenen blaffer jeg ind til Scarborough, hvor "Geling" i det samme stævner i havn. Oppe ved rælingen står "mine" to piger og vinker, og jeg må indrømme, at jeg bliver glad ved at se dem igen.(Ensomme midaldrende mand!) Hovmesteren fortæller, at jeg har været savnet (Åh, sig det igen!), men at de har haft en dejlig dag i Port of Spain, hvor de begge fik ny bikini af maskinmesteren.Wow! Der bliver kysset farvel, og vi går fra borde og lidt ud i byen for at dampe af ovenpå deres tur, men det varer ikke længe, før de vil hjem til deres nye hotel, som de tager i besiddelse ved at gå på hovedet i seng.

På Bucco Reef ligger vi dagen efter og betragter revet gennem glasruden i bunden af en båd. Der er farvestrålende koraller og stribede fisk og myriader af forskellige mærkelige væsner dernede. Pigerne er meget interesserede, og de to fyre, som driver den lille forretning med at sejle folk ud for at kigge ned på det marine liv, lærer dem at dykke med snorkel og briller. Bagefter hænger de ved os resten af opholdet på Tobago. Den ene hedder "Smarty", den anden når aldrig at præsentere sig, men de er begge meget søde og hyggelige at være sammen med.

   Om aftenen bliver pigerne urolige. De ved at "Gelting" igen har lagt til i havnen inde i Scarborough og vil afsted. Vi går ud for at finde en taxi, og med et mærker jeg Magdalenas hånd i min. Hun kysser mig også, mens vi sidder på bagsædet af bilen og er varm som aldrig før. Oppe på "Gelting" prøver hun at virke frisk og upåvirket, mens vi siger farvel. Vi går ind på en bar i byen bagefter, men her bryder hun sammen og hulker, og det går op for mig, at hun er blevet alvorligt forelsket i maskinmesteren! (Selvfølgelig) Jeg trøster hende og siger, hun skal gå tilbage og snakke med ham. Hun tørrer tårene bort og prøver at være tapper og siger, at det er ligegyldigt, men jeg kan se, hun savner ham meget og presser på og tilbyder at følge hende derop. Så går hun med. (Hvem er jeg? Er jeg den næstekærlige Jesus i egen høje person? Hvilken opofrelse at give sin øjesten væk til en anden. Ja, idiot er jeg. Ingen tvivl om det. Total polarkuldret. Kvanefjeld! Eller gennemskuer jeg bare ikke hendes forsøg på at træffe et valg. Mig eller maskinmesteren. Håbløst.)

Vi banker på hans dør oppe ved broen, og jeg siger, at her er en ung dame som vil tale med ham. Jeg går og lukker stille døren efter mig og sætter mig ud under stjernerne på dækket og venter og føler mig mærkeligt fri, fordi jeg bare gør, hvad jeg føler er rigtigt.

"Gelting" skal afsejle kl. 23.30 , så de har lige præcis en halv time. Jeg går ned på kontoret, hvor hovmesteren sidder og hygger sig med en bajer. Jeg får også en, og lidt efter kommer maskinmesteren og Magdalena ned begge blussende i kinderne og lykkeligt smilende. Nu er det lettere at tage afsked!

Sidste nat sover "Smarty" og vennen hos os. Vi holder en lille fest. De tegner i mine bøger, og vi driller hinanden, altsammen fredeligt og dydigt. Vi skal tidligt op og med fly først til Port of Spain og derfra til Barbados. Jeg har ikke kunnet få Cubana afgang, så vi må flyve BWIA og det har tæret slemt på rejsekassen.

Solen stiger gennem morgendisen over de lysegrønne marker med græssende rødbrune køer, som godt kunne forveksles med et dansk højsommerlandskab. Der er kun 5 min at gå til lufthavnen, og vi følges på vej af vores to "Smarty" venner. De står og vinker nede på startbanen, mens vi bevæger os op gennem skyerne i det lille to-motores Cessna fly. Farvel Tobago, farvel Gelting!

Grønland.

Luften er varm og jeg står og ser ud over havet. Jeg er ikke alene. Ved min side står en kvinde, og hendes hår bevæger sig bølgende i vinden. Jeg græder, og i det jeg vender mig mod hende, ser jeg, at hun også græder. Vi ser ind i hinandens øjne, og tårene hører op. Vi smiler og omfavner hinanden. Jeg er hendes mand, og selv om jeg er svag og forvirret, er jeg alligevel ikke bange for at blotte mig for hende.
Og selv om hun er stærk og beslutsom, er hun ikke
bange for at vise sine følelser overfor mig. Hun er min kvinde.

Så sidder jeg på min røv, og det er solskin og fuglene synger i vilden sky, og du bor inde ved siden af, og vi går ture sammen, hvor vi betragter himlen og sælernes leg og planterne, som vokser i Grønland. Stenene står frejdigt på deres plads, hvor de havnede for millioner af år siden, da isbræen forlod dem. Gletsjeren sætter stadig nye sten. Sten, sten, sten overalt så langt øjet rækker. Men nede mellem de store blokke gror livet alligevel. Fluer kravler hen over min pande. Sortebærrene er saftige, og elvens vand befrier mig.

Du sidder lidt fra mig og smiler. Dit hår er sort og dine læber røde. Din krop beder mig komme, og jeg kommer hen til dig og sætter mig ved siden af dig. Dine børn kommer og sidder med, og vi spiser kød og koger kaffe, og du drikker af mine øjne, og dine børn springer op og er væk bag den store klippe.

Vi er alene og du kysser mig, og jeg kryber sammen og gyser, for din kraft er så stor, at jeg må forsvinde ned mellem stenene til fluerne og de sorte bær, og der kommer du mig i møde i de tusind øjne som ser mig.

Idet du ser ind i mig, smelter jeg.

Blæsten er ikke så kold mere, og havet ligger stille og blankt. Ude på fjorden kælver det store isfjeld med en jordomvæltende rystelse og bjørnen dør for fangerens kugle.

Jord.

Caribien.

Barbados er sol og varme. Lufthavnen, som er helt ny, er gabende tom, da vi ankommer. Nathalia vil have tamponer, men jeg skal veksle penge, før vi kan købe nogle, og så bliver hun sur, og jeg bliver irriteret, fordi hun ikke kan forstå, at der er visse praktiske spilleregler, som man må følge her i tilværelsen. Hun er ligesom et barn en gang imellem. (Hvad med dig selv?)

Vi sætter os ned foran ankomsthallen og drikker øl og spiser pølser. Jeg køber en kjole til Magdalena. En storblomstret en, som hun falder for. Den er ikke lige min smag, men hun kan lide den, og det er det vigtigste. Jeg føler det som en lettelse at være under angelsaksiske forhold oven på Trinidad/Tobago og ser frem til en uges tid i fred og ro. Vi hyrer en taxi og kører til det pensionat, jeg har en aftale med. På vej fra lufthavnen viser øen sig at være ganske flad og uden egentlig landskabeligt særkende. Lyset er blændende hvidt og stranden, som ses, netop som vi drejer ned mod pensionatet, er bred, lysegul og meget indbydende. Damen tager venligt imod os. Hun bor alene omme bag ved huset sammen med en stor sort hund og en lille dreng. Det flyder med legetøj og alt muligt ragelse lige fra cykelstel til gamle radioer. Der står også et stort akvarie med guldfisk. En sort pige dukker op og viser os hen til vores rum med køkken, stue og tre senge i et værelse. Vi får hurtigt smidt vores bagage, skifter til badetøj og løber over vejen ned til stranden, som er stegende hed. Kun ved at springe i bølgerne med det samme, bliver vi så meget kølet af, at vi kan lægge os i sandet.

Jeg føler straks pigernes utålmodighed. Stranden er næsten tom. Ingen fyre, intet liv. Hvad så? Det smitter af på mig, og jeg bliver utilpas. Der sidder et par lidt fra os. De rykker nærmere og indleder en samtale. De er venlige og pigen har slægtninge i Danmark. Vi udveksler lidt almindeligheder, men jeg kan mærke, at pigerne bliver urolige. Det er øjensynlig ikke noget for dem. -Dava! Siger de, og det betyder: - skal vi så se at komme videre! Sådan lidt bydende. Jeg indser det håbløse i en fortsat samtale og takker af. Parret ser forbavsede på os, da vi skyndsomt fortrækker. (De kalder mig "crime" eller "hund", og sådan bliver jeg behandlet. En svær balance. Hvad fanden i hele hule helvede laver jeg her?)

Køkkenet i vores rum indbyder til madlavning, og vi tager på indkøb i det nærmeste supermarked. Her er et overvældende opbud af alt, og købedillen griber og forener os i nogle minutter på mærkelig vis. Vi triller hver vores vogn, fyldt med Mayonaise, ost, øl, rom og appelsiner, brød, smør og pølse og meget mere, hen til kassen, og jeg betaler. Men når vi skal til at bære det hele hjem, er det så som så med solidariteten, og jeg får lov at slæbe det altsammen på ryggen. Slukørede vandrer vi i gåsegang tilbage til værelset, hvor vi i vores kedsomhed foræder os, før vi fuldkommen oppustede falder i søvn på hver sin alt for bløde engelske seng.

Ude på vejen sidder rastafyre og ryger joints. Vores værtinde, som er en stramtandet dame med grå knold i nakken, holder foredrag om at passe på. Hun siger, det er kriminelle narkomaner, og hendes holdning hænger godt sammen med atmosfæren på stedet, som udelukkende bebos af hvide unge lyshårede og muskuløse surf-fanatikere, som hele tiden kører til og fra i små "Buggy" biler med surfbrædder på taget. Ganske langsomt begynder jeg at få spat af hele forestillingen her, og Jamaica, som jeg helst har villet undgå af frygt for forholdene i Kingston med "Ganja" og "Rastafaria" o.s.v. begynderat tage form som et anvendeligt alternativ til dette racistbefængte turistmisfoster.
   Om aftenen kommer vores nabo, en hvidhåret tysk fyr med et underligt listigt smil og en em af indeklemt onanifantasi, ind til os og inviterer på sightseeing i Bridgetown. Han hiver os op i bus nr. 4, som med djævelsk fart kører mod byen. Karosseriet slingrer og bumper så meget, at jeg tror, det bliver enden på vores tur. Chaufføren, en bred sort klods, som ikke smiler et sekund, presser sammenbidt hænderne om rattet og skyder os forbi en endeløs række af turisthoteller med lokkende neonfacader i sølv og guld. Selve byen er dybt kedelig og ligger som i undtagelsestilstand dødt hen. Foran en isbar står nogle fyre og ler ad mig, fordi jeg sætter mig på kantstenen og spiser min vaffel. - You drunk? Spørger de og griner. Som om man kun kan sidder på jorden, når man er fuld. Det hele er sygt, og vi beslutter at tage hjem. På vejen får tyskeren lokket os ind på et discotek, hvor gæsterne fortvivlet forsøger at komme på højde med de øvrige Caribiske øer i synd og tøjlesløshed. Ren attrap!

Vi takker af om morgenen tidlig og kører til Cubana, som heldigvis har afgang i dag direkte til Jamaica. Koste hvad det vil. Jeg lader tingene flyde fra nu af. Kan ikke mere styre noget som helst.

Jamaica. Endelig!

Kingston. Vi lander i et hav af farvede mennesker. Endelig tilbage i livet efter Pis-Barbados! Her skal vi være, og vi får en kæmpe ice-cream ude i ankomsthallen, mens jeg for første gang på hele turen mærker sympati, som ikke går på, at jeg er i selskab med de to duller, men på, at jeg er i selskab med mig selv.
   Jeg liver op. De spørger selvfølgelig straks: - Do you smoke? Og så griner vi. Stemningen er sat, og jeg begynder at slapper af.
   Kingston ønsker jeg så vidt muligt at undgå, fordi jeg tror, at mine unge damer simpelthen vil forsvinde for evigt, hvis jeg lukker dem ud her. Skrig og skrål og råben efter den danske ambassade, når det kniber, tror jeg ikke har den store effekt, og et mord fra eller til i de mørke, uhyggelige gader gør ingen forskel. Det tænker jeg og beder en dejlig kvinde i

turistoplysningen om hjælp. Hun sender mig et varmt smil fra sine fyldige røde læber og finder straks et lille privatfly til Mo Bay samme aften. Vi skal blot køre med taxi i tre kvarter til en mindre lufthavn, flyve en lille time, og så er vi oppe på nordkysten, hvor det hele ikke er slet så "High". Hun smiler lidt overbærende, når jeg udtrykker min bekymring over Kingston. Hun fortæller, at hun har boet der hele sit liv uden nogensinde at blive forulempet, men hun ser altså osse ud til at have styr på situationen, det skønne sorte menneske!

Overordentlig lettede kører vi ud af byen og dens slum. Jeg priser mig lykkelig over vores beslutning, når jeg ser ansigterne og de faldefærdige hytter passere forbi. Her er meget fattigt og de dermed forbundne spændinger de sociale lag imellem er indlysende.
Vi drikker rom i den lille ventesal, og så kommer flyet, og alle 5 passagerer stiger ind. Vi hæver os op over lysene og de mørkegrønne bakker og bjerge og sætter kursen tværs ind over øen.

Den ligger under os som et stort dyr og sover. Jeg mærker, hvor glad jeg er for endelig at være på Jamaica. Små lysprikker fra landsbyer og ellers store sorte områder med jungle og vandløb og alle slags fugle, insekter og blomster. Haleluja! Jeg er lykkelig! I Mo Bay der er kun skidedyre hoteller, og jeg bliver forvirret, men så er der igen en smuk sort kvinde, som dukker op. Vi kan køre sammen med hende i en taxi mod Negril for 20 dollars, og jeg slår til på stedet. Negril skulle være fin og ikke overrendt, har jeg læst, og er selvfølgelig med på den værste, selvom køreturen tager 4 timer, og klokken snart er 11. Det er en gammel amerikansk spand, men chaufføren er en frisk sortkrøllet grinebider med et halvt pund god ganja under sædet, og kvinden skal ikke særligt langt, før hun står af.

Vi breder os på det store bagsæde og nyder turen.

Jeg lavede et par joints inde i vejkanten, da jeg var ude og tisse i fuldmånelyset og duften af natteblomster.

Så kører han bare som død og fanden, og jeg opgiver ånden og kører lige lukt ind i virkeligheden. Min lille transistorradio snurrer lystigt og reggaetonerne spinder hele historien ind i et fantastisk mønster af samspillende hændelser. Jeg mærker mine hænders bevægelser koordinere hans kørsel afhængig af, hvorledes jeg retter den lille radio i rummet. Årsag/virkning ophæves, og jeg føler, jeg balancerer hele verdens skæbne i mine fingerspidser og bliver så ualmindelig øm og varsom. Fordi jeg i dèt eneste øjeblik sander den fulde betydning af sætningen: "Alt har betydning." (Endelig, endelig, endelig!)

Magdalena ligger med halvåbne øjne og nyder kørslen og udsender denne ufattelige tryghed, som får det hele til at holde, skønt vejen farer forbi med 100 km fart og træer og sten ude i siden slynges op mod os hele tiden. Jeg balancerer. Nathalia sover...

Han kender et sted, chaufføren, og der kører han os hen. Det ligger lidt uden for Negril by og er et nyopført hus med små lejligheder i boudoir stil med flæsede tylsgardiner og smørgule vægge. Vi får to værelser med passende afstand og får lov at bruge køkkenet sammen med nogle amerikanere som osse bor der. "Tigress Cottage" hedder det, og idet han tager mod min betaling for turen stikker han mig resten af ganjaen i en brun papirspakke!

Her er ganske herligt! Om morgenen slentrer vi ned mod havet. På vejen står hibiskus så røde som rubiner, gummitræernes nedfaldne blade ligger og glinser på jorden, og luften og planterne smelter sammen i det bløde lys, så vi bliver øre allerede før den første morgenjoint!

Den indtages på vejen i et lille træhus, hvor de laver spejlæg, the og ristet brød med marmelade til os. Så svæver dagen ind under huden, og vi går i vores sandaler og løsthængende skjorter ned til den første strand ved Yachtklubben. Det er et charmerende etablissement med palmer og flugtstole og en restaurant med tilhørende stor firkantet bar under et sivtag. Der er gang i reggaeen allerede fra morgenstunden, og vi bliver budt hjerteligt velkommen af en stor, europæisk udseende herre med enormt englehår og skæg over hele hovedet. Han fortæller, at han er fastboende og byder os en joint. Han laver ikke noget, udover at sidde her og så drive lidt omkring i ny og næ. Han er tilfreds med sit liv, og vi bliver osse ganske tilfredse efterhånden. Når der ikke er en joint, så er der en kold drink mixet på lokale søde frugter, så tiden falder ikke lang!

Jeg snakker med bartenderen og et par af stedets tjenere og kan godt mærke, at de lurer lidt på, hvad det dog er for et cirkus, mig og så de to små kinesisk udseende damer, men inden længe bliver vi accepteret, som vi er og aftaler at komme tilbage igen om aftenen. Vi går ned til stranden for at bade, men her er ikke særlig godt, og vi har jo hørt at Negril skulle have en 10 km lang snehvid strand, så hvor er den henne?

De fleste turister, vi ser, kører på små cykler. Jeg spørger en amerikaner, hvor den gode strand ligger, og han fortæller, at det er 4 km længere fremme. Det er for meget lige nu, og vi går i stedet hjem og spiser.

Udenfor, hvor vi bor, er der en fyr som udlejer cykler og knallerter. Vi prøver hver en knallert, men Nathalia kan slet ikke starte, og Magdalena kører ind i en busk. Det bliver for farligt, og vi prøver cykler i stedet, men heller ikke det magter de to grønlandske piger rigtigt, og vi må opgive Negril stranden foreløbig.

Om eftermiddagen dukker en dame med en kurv op ind ad vores havegang. Hun sælger frisk appelsinjuice og bananabread, som vi forsyner os med, for bagefter at dumpe om på sengen og sove siesta. Hen under aften går vi ud igen, men denne gang kommer vi ikke ret langt, for kun 100 meter fra, hvor vi bor, ligger en lille hvidmalet hytte med blå stjerner, og her huserer en flok unge sorte herrer, som senere skal blive de to damers faste venner. Der er bar med rom og cola og en fryseboks med iskager. Joints i stribevis og fed reggae ud af højttalerne hele tiden. Alle danser, og i alle bevægelser, de foretager sig, ligger dansen lige under overfladen, og ustandselig hører man ordene: -cool man, cool!

Vi kan slet ikke stå stille længere, og nu begynder vores dans på Jamaica, som faktisk varer til langt ind i Danmark og Grønland! Det er en slags gang på stedet, hvor hele kroppen gynger velbehageligt i en rytme som indbyder til blide og imødekommende bevægelser. Åh, hvor jeg husker det! Det svingede bare lige ind i hjertet, og al agression og had blev vendt til flydende leg. (Det mener jeg virkelig. Jamaica var klimaks. Senere kommer antiklimaks, og det var min egen skyld, men det kommer vi til...)

Selvfølgelig var joints medvirkende, men de bar så sandelig ikke hele skylden. Det var solen og de sorte menneskers ublu hengiven sig til naturens egne rytmer, dybt sensuelle som de er. Det var bare èt stort ja til alt liv overhovedet.

Vi drev ned til havet og sad og så solen forlade os. Rødmende sivede den bort i horisonten, og farverne blev æggende varme fyldt med ild. Dybtgrønne og lillaviolette. Brune og sorte.

Børnene løb ind mellem vores ben, og vi blev opslugt af det altsammen på een eneste gang.

Den følgende dag kommer vi langt om længe ind til byen Negril. Her er et stort bygningskomplex med bank og hotel, supermarked og diskotek og en fantastisk bager, som laver de mest vidunderlige muffins og tærter og brød så søde og velsmagende, at man mageligt kan spise sig 10 kg oven i sin vægt. Vi går videre ad en bro over floden, der kommer brusende inde fra højlandet og junglen og er nu midt i en myldrende markedsplads med sorte mennesker i små boder, hvor alt mellem himmel og jord kan købes. Læderting og juice og små kager, sundhedsremedier og parfume, sko og strømper og badebukser. Alt! Reggaen lyder fra hver en shop, fra hver en lille bar og alle, jeg gentager ALLE, ryger store kræmmerhusformede joints og griner til dig. Vi drejer ned mod stranden og må gennem en hel by af skure med tøj og små køkkener med helsebringende "rasta-food". Ud gennem huller og sprækker stikker små frække sorte drenge deres hoveder frem og råber: -good ganja, sir. Very cheap, very good!

Vi ser en bod, hvor en fyr sidder og forarbejder sort koral, og jeg bestiller to armringe til pigerne, med mønstre de selv har valgt. De er færdige, når vi kommer tilbage fra stranden. Længere henne bliver vi inviteret ind i en lille restaurant med kun to borde. En herre med tykke guldringe på hver finger byder os velkommen og laver straks en joint til os. - Skæv igen, tænker jeg, men vi er jo på Jamaica, og der må man godt, så jeg slapper af, og ganjaen gør sin virkning. Alt bliver afdramatiseret. Ikke noget med paranoia her, selvom alle de omkringsiddende er kulsorte og har lange gule fingre og noget underligt skæg, for slet ikke at tale om deres hår! Deres hår er noget helt for sig. Det er flettet og nusset og trillet og rullet sammen i nogle mærkelige tynde slangekrøller som stritter ud til alle sider, og som de er stolte af helt ind i sjælen. Det kan man se. Det lyser ud af dem, at de har det i håret. Det sender elektriske stråler ud til højre og venstre og op og ned, og man bliver doopet til fredelig sameksistens blot ved at være i nærheden.

Dyb indånding, og så skal vi altså ned til den strand!

-Åh, at være en bølge, synger det i mig, når jeg nedsænker min følsomme astrale krop i Caribiens venusblå vand og bare lader mig dale og dale og dale afsted ud i intetheden. Jeg drukner slet ikke, for det interesserer mig ikke at drukne! Jeg svømmer lige så roligt omkring og pruster vand ud af næseborene og kommer langsomt nærmere og nærmere Magdalena. Hun ser mig og fanger i sin lille skævhed øjeblikkeligt finessen,- og så LEGER vi. Endelig...

Hvinen og pjasken og jeg er en hvalros, der dykker og kommer op foran hende, med da jeg så med eet får ståpik, mærker hun det med det samme, og al glansen går af St. Gertrud! Dyd oh dyd, hvor svær er ikke din vej...

Længere nede udvider stranden sig og bliver bred og indbydende. Bedre end her ved politistationen, hvor vi er nu, men længere kommer vi altså ikke i dag.

Armringene er færdige, når vi ved halv seks tiden får sløvet os op til byen. Nathalia får en ensartet glat om overarmen, mens Magdalena får en til håndleddet med to slanger som bider sig fast i hinandens hale. (Mig og hende?)Vi køber også hvide buksedragter af melsækkelærred, som står fortrinligt til deres chokoladebrune hud.

Jeg mærker allerede de første ansamlinger af fyre omkring "Tigress Cottage". Signalerne er løbet byen rundt, så i aften må jeg gå alene ned til Yacht klubben og få min godnatdrink. De to tjenere spørger straks, hvor pigerne er henne, og jeg må til deres skuffelse meddele, at jeg ikke har dem med. - De er ude med nogle andre, siger jeg. De mener, jeg skal være forsigtig, for der sker tit overfald. Jeg skal holde fast i pigerne og ikke slippe dem af syne. Jeg giver dem lidt af forhistorien, og når vi har røget sammen, begynder de at forstå min indstilling om ikke at panikke, da det jo er voksne og selvstændige mennesker. Skulle de blive overfaldet eller på anden måde komme til skade må de selv bære ansvaret. Sådan er det, og vi taler om noget andet.

De er meget søde, og vi får vendt hver en sten i vores fælles verden. Jeg føler mig virkelig i godt selskab, og de bliver mine venner. På vej tilbage møder jeg pigerne ved det lille hvide hus med de blå stjerner. Jeg hopper på vognen og vi følges ad op til Tigress. Nathalia beholder bartenderen hos sig. Magdalena sover alene.
Jeg sover alene.

Næste aften er vi på diskoteket inde i byen. Her dukker en ung fyr, "Vishnu", som han kalder sig, op og lægger langsomt og metodisk et rastafarisk røgslør rundt omkring Magdalena. Han viser hende ustandselig citater fra en rastabog, han har i lommen, og ser på hende med vilde øjne. Jeg forestiller mig troldom og magi og sorte kunster og bliver urolig, men på den anden side er det jo også interessant at overvære, hvorledes den lille inuit-hex vil klare sådan en beskydning, og det gør hun med bravour! Han trækker mig til side og fortæller, at hun er besat af en ond ånd, og at han vil befri hende. Jeg siger til Magdalena, at hun må klare ærterne selv, og lidt efter forsvinder de sammen. Øjeblikket efter har en høj, slank sort pige med vuggende hofter og knaldrøde læber inviteret mig til hidsig tæt dans. Som i et sug drages vi mod hinanden og bliver een dansende krop dèr for næsen af alle folk i lokalet. Således bliver aftenen også for mig en skøn oplevelse. Det er dejligt ikke at være afhængig af hinanden længere. Alle er fri nu, og vi flyder videre i natten med kroppe og lyde og stjerneskud og store hvide joints som blussende fakler foran vores øjne.

Hver dag, når vi går ned mod stranden, passerer vi en ældre sort kvinde, som sidder under et stort kroget dragetræ med sin kurv. Hun smiler altid venligt til os og har frisk juice og banana bread parat, når vi kommer. Vi køber også nogle små frugter, som ligner forstørrede brombær, og som har saftigt sødt kød. Længere nede, lige efter svinget, bor den gamle mand med det hvide hår som inviterer ind til en joint og en samtale.

En "samtale" er en stille sidden ved side af hinanden uden noget ønske om at tale om noget bestemt. En slags improvisation på hvid baggrund. Stedet og tiden og de involverede afgør fuldkommen, hvad der sker, og om der sker noget overhovedet. Han er fænomenal. Får situationens levende kvalitet til at træde frem i eet nu. Hønsene som pikker korn i den lille baghave, røgen som stiger til vejrs fra bålet nede bagved, hvor konen står ved en gruekeddel og vasker tøj, og træernes tunge, grønne kroner, som hæver sig hen over vores kroppe, som i fred og afslappet opmærksomhed lader samtalen "ske". Han bor ofte oppe i bjergene, hvor han dyrker ganja. Han passer jorden og lever alene. Jeg nyder hans selskab.

Mine damer er nu kendte i by og opland, og i Yacht Klubben mener man, at jeg burde ophøre med at omgås dem. De bliver betragtet med stadig stigende mistænksomhed, men jeg er ligeglad. Ser det som en kærkommen undskyldning til at slippe lidt fri af deres til tider noget ensformige kønskontaktbehov. - Dem om det, tænker jeg. Var osse 18 år engang, og alle skal vel løbe hornene af sig. Iøvrigt skal jeg være den sidste til at komme med anklager og fordømmelser.

   Jeg fik "Varulven" af Pelle i La Paz, og den er meget apropos hele min situation, hvor jalousien så ofte har formørket mit sind og gjort tingene kompliceret. Jeg lægger mig på den lille strand og læser eller svømmer ud i vandet og "elsker" med det. Ingen problemer. Længere.-

En aften bliver vi inviteret til et privat party i den lille hytte, hvor vi fik morgenmad den første dag. En tysk mand, hans kone og en amerikaner samt værten, står for arrangementet. Her får vi syn for sagen, når samværet mellem mennesker, når det er værst, udfolder sig. Det er ufatteligt, hvor ubehageligt de kan opføre sig overfor hinanden. Deres tonefald og omhyggeligt udvalgte ord rammer som skarpe pile ethvert sårbart sted. Det er som at være vidne til en psykologisk totalkrig. Kun fordi jeg fremdrog min lille c-harpe og begyndte at spille vemodige melodier fra den danske sangskat, lykkedes det at vride stemningen hen i et roligere leje og få en hæderlig aften ud af det.
Den fine mundharmonika lyd dæmpede gemytterne, og jeg er ikke sikker på om ikke visse rastafariske kræfter hjalp med. Vishnu dukkede i hvert fald op lige i det rette øjeblik, og jeg indledte straks et samspil med ham, som senere også inddrog Magdalena. Nathalia forstod ingenting af det der skete. Dagen efter fik jeg at vide, at den tyske kvinde havde forsøgt at få de to piger til at deltage i et orgie, og resultatet læste jeg i deres ansigter. De var blege og trætte og måske osse lidt klogere.

Ovre på den anden side af indkørslen til "Tigress" ligger en lille sort hytte med et skilt, der forkynder, at her fås "Mushroom-tea", og selvfølgelig skal det da prøves! Vi begiver os derhen en tidlig morgen for at få hele dagen til vores rådighed. En ældre kulsort kvinde med kulørte papilotter i sit omfangsrige rasta hår byder indenfor og placerer os omkring et træbord, hvor hun giver sig til at tilberede eleksiren. Vi betragter, hvorledes hun nuldrer nogle ynkeligt udseende tørrede tanglignende "svampe" ned i en jerngryde. Den bliver sat på komfuret og vand påhældes. Derefter står den og simrer en halv time, mens vi venter, og så er drikken klar. Som om hun mener, at vi ikke har nok i theen, tilbyder hun os hver et stykke ganjakage. Både Magdalena og Nathalia kan ikke lide smagen af theen og drikker ingenting. Kagen er brændt, og de er vel også lidt nervøse, så de lader den ligge.
Jeg bliver altså ene på skansen. Vi går og skilles lidt efter. Først helt nede forbi byen lige før den gode strand, begynder det at virke. Jeg møder kvinden, hvis underansigt er ætset væk af sygdom. Hun stopper mig og rækker mig sin hånd. Jeg tager den og vi snakker henkastet om livet og døden og skønheden og det modsatte og al tings ophævelse i ånd. Jeg savner mine piger, men de er væk, og jeg må klare mig alene nu. Jeg går ned i vandkanten og smider min skjorte og lader mig føre ud i det element, vi kalder "vand". Nu er det ikke længere vand, men nærmere en slags blod eller serum, som rammer mig og opsluger mig, som et levende væsen kunne gøre det. Her ligger jeg ganske stille og trækker vejret i fuld overensstemmelse med de kosmiske love og alt. Inde på bredden står en ged. Denne ged bliver opmærksom på mig på en måde, jeg ikke før har kendt. Som jeg ligger der

i vandet, føler jeg dens blik på mig som noget fysisk mærkbart. Den "taler" med mig nu, og jeg lader denne samtale finde sted. Nu er hverken geden eller jeg noget adskilt.
Vi er een hel bevægelse i krop og sind og vand og luft.

Alt fortrylles og jeg stiger op. En lille sort dreng kommer hen til mig på stranden. Han sætter sig ved siden af mig og tager mine solbriller på. Så begynder han at "tale". Han siger:
-Hej med dig! Har du det godt?
Er det hårdt for dig med de to piger? Jeg forstår dig godt, men vil du vide alt om mig og dig og geden, må du fortsætte din vandring. Glem ikke, at vi alle er sammen. Glem mig ikke, slutter han og griner og snupper en dollar op af min pung og er væk.

Jeg går alene tilbage. Der er nok lidt forstyrrelse tilbage oppe i mit hoved, men det er ikke værre, end jeg kan orientere mig, og det er lige som alle på min vej "ved" at jeg skal komme og hilser og hjælper mig med små blikke eller fagter frelst hjem til Tigress. Her laver jeg absolut intet resten af dagen. Først om aftenen bliver jeg "vågen" igen og går ned på yachtklubben til en godnatdrink og en sludder med vennerne.

Cuba.

Vi har ikke flere penge. Jeg måtte give vores vært mine sidste dollars. Han forlangte forskud og stolede ikke på mig, selvom jeg lovede ham, at der ville komme nye forsyninger fra banken i Danmark i dag. Det gjorde der ikke. Jeg telegraferede til København via Kingston, men pengene nåede ikke herop, før vi skulle afsted, så han fik ret. Vi drog af tidligt om morgenen fra Negril i en lille collectivo bus med fuldt drøn på radioen og stoppet med mennesker i højt humør. Det tog 4 timer og var alle tiders smukke tur. Jeg vil tilbage til Jamaica igen! Her er alt, bjerge og floder, jungle og skov, og overalt en befolkning så homogen som nogen jeg tidligere har mødt. Hvis her er konflikter, er det ikke noget dybtgående. Det hele er een maskine af børn og hunde og folk og træer. Farver og lys. Det kan godt være, at andre hellere ser forskelle end ligheder, men jeg foretrækker at opfange fællesnævneren i et land. Det er ligesom mere rigtigt end alle mulige og umulige konfliktflader. Det forstyrrer sindet hele tiden at skulle analysere livet omkring sig i så den ene og så den anden klasse, race, art, form eller idè. Hvilket jeg yderligere får understreget de næste dage, hvor vi gør vores entré på Cuba. (Ja,ja,ja. Måske er du naiv, men så fred være med dig!)

Vi får penge i Kingston. Banken har fået en telex igennem, og jeg kan hæve 1000 dollars. Så ser situationen straks lysere ud, og vi bevæger os fornøjet op i Cubana flyet, som på en god time bringer os til Havana. Mens vi venter i Kingston støder Lars, Lene og Kirsten til vores lille selskab. Det er danskere, vi har mødt tidligere på Jamaica, og som er på vej til Cuba lige som os.

Så snart vi træder ind i transitten i Josè Marti lufthavnen, ændres billedet totalt. Fra en overgiven, afslappet og musikalsk atmosfære, mødes vi nu af et råt, koldt og fjendtligt ansigt i form af opstillet militærpoliti med skarpladte våben, lange køer foran paskontrollen og tungt bureaukrati i forbindelse med visumudstedelsen. Bagefter må vi vente i 3 timer på en bus ind til byen, og da vi ankommer til Hotel Velado, er køkkenet lukket, og der er ingen mad at få. Vi vader formålsløst ud i en underlig død by, og det eneste, vi møder, er en pengeveksler, som vil give os det dobbelte af den officielle kurs for vores dollars. Så veksler jeg lidt, og bagefter går vi alle op og sover.

Vi skal videre mod Europa den næste dag (og bare vi havde gjort det!), men vores danske venner overtaler os til at tage med dem ud til kysten et sted, de har været før, som hedder St. Maria med små huse til leje og en god strand. Det lyder jo meget godt efter deres beskrivelse. Vi har endnu nogle uger tilbage, inden vi skal være i Grønland, og er ikke særlig vilde med at sidde og kukkelure i et vinterkoldt København. Så hellere lidt strandliv og hvem ved? Måske har Cuba alligevel sider, det er værd at stifte bekendtskab med. Nu vi er her.

Vi ombooker derfor vores billetter. (Mens Djævlen står i kulissen med et listigt smil...)

Vi spiser ude i Havana den følgende aften. Det er ikke nogen skæg forestilling. Først må vi vente i over to timer for overhovedet at komme ind på restauranten. Når vi endelig skal bestille, viser det sig, at alt, hvad de har, er fiskepizza og noget udrikkelig vermouth. Triste i maverne går vi hjem til vores hotel, hvor det eneste oplivende moment er en flaske rom, som Lars trækker op som erstatning for vores mislykkede middagsselskab. Vi sidder ved swimmingpoolen, som hører til hotellet. Her ser ud som en blanding af vestre fængsel og Østerbro svømmehal. Mens vi sidder og snakker, kommer Lars, som også er læge, ind på fagets fortrin. Der farer en djævel i mig, og jeg kan ikke lade være med at nævne en bog af Ivan Illich: "Medical Nemesis" om Iatrogene skader, som påpeger, at vi læger ofte selv er årsag til patienternes sygdomme. (I mit tilfælde vel egentlig ganske sandt, hvis man opfatter mine grønlandske venner som mine "patienter".) Det falder absolut ikke i god jord hos min medmedicinalperson, som har høje tanker om sin beskæftigelse. (Hvad jeg ikke har.) Der optræder en vis distance mellem ham og mig, og måske er jeg for hård overfor ham. Han har også sin kone Lene at se til. Hun er gravid og meget pylret, og det er altsammen meget vanskeligt.

Kl 3 næste dag tager vi bussen efter først at have spist nogle indtørrede kyllingelår fra en gadegrill og drukket cuba-cola, som smager af sæbe. Ud til St. Maria, som er et feriested for Havanas arbejdende klasse. Her er meget ramponeret efter de endeløse drukfester, man holder herude. Fra vinduer og døre i kareerne og de små flade bungalovs lyder en sønderrivende larm fra diskoagtige latinamerikanske rytmer. Huset vi skal bo i ligner et offentligt toilet. Væggene er afskallede og sengene fladmaste af mangen en munter lørdagsknaldeaften. Vi fordeler os på værelserne. Lars og Lene tager familie-dobbeltværelset, pigerne tager et børneværelse, og jeg og Kirsten, som er en frisk alenepige med ben i næsen, tager værelset på første sal.

Vi går ud og inspicerer området. Der er hundredevis af tomme bungalovs, den ene mere smadret end den anden. Det er ikke sæson endnu, så vi har stedet nogenlunde for os selv. Dog er der gang i huset lige overfor, hvor nogle fyre er ved at slæbe kasser med øl ind til aftenens festligheder.

Ikke langt fra vores bolig ligger stranden. Den breder sig ud, så langt øjet rækker med blødt gult sand og store Atlanterhavsbølger, som slår op mod os. Vi dypper fødderne og føler, at det nok skal gå alligevel.

Bag vores bungalow ligger to store hoteller med restauranter og bar, og der går vi over. Der er fart i løjerne, ser det ud til, og nu virker Cuba ikke så trist endda. Vi slår os ned for at spise. Zigøjnermusikere kommer hen til vores bord og spiller indsmigrende melodier for os og vores fordøjelse, og maden er ikke så ringe endda.

Bagefter går vi i baren, hvor et orkester, bestående af gamle mænd, forsøger at piske en stemning op. Det lykkes dog ikke med os, og vi prøver i stedet hotel nr. 2. Vi smutter forbi et hegn og ind på et stort område med scene og spotlys i vilde farver og optræden af en amerikansk crooner bistået af en flok store sorte kvinder i tylsskørter og netstrømper og heftig "erotisk" udstråling. Publikum er ellevilde, og mange er berusede. Stemningen er ekstatisk, og det vare ikke længe før mine to damer har opnået "kontakt" og svæver væk i vrimlen. Jeg kender efterhånden turen, og selvom Magdalena beder mig om at blive, takker jeg hurtigt af og begiver mig tilbage til huset. Her sidder Lars, lene og Kirsten over et glas vin. Mens jeg er alene med dem, giver jeg dem et hurtigt resumé over min og pigernes tur indtil nu. Jeg synes, de bør vide hvordan det forholder sig. (Det er altid noget. Ærlighed frem for alt. Men fortalte du hele sandheden, og er der overhovedet en "sandhed" i den forbindelse?)

Som passende illustration af mine beskrivelser kommer mine veninder hjem kl 4 om morgenen og begynder straks en mindre fest i deres værelse, hvor husets beholdning af øl bliver drukket under højlydt palaver. Lars dukker op og forsøger at dæmpe dem ned, og jeg gør også mit bedste for at få dem til at falde til ro. Så kommer Lene ind og begynder at græde. For nu ryger de nemlig i totterne på hinanden, og sådan noget har den unge pæne læge og hans nygravide kone aldrig set før. Ned på gulvet og blodtud og hår som rives af og skrig og en flaske, som flyver gennem værelset.

Jeg kæderyger cigaretter og føler mig nærmest som professionel domptør, mens Lars forsøger med sine "medicinske" overtalelsesevner. Vi får skilt dem ad. Nathalia kommer ind i stuen og ligge, og Lene tager hende i terapi. Der udgyder hun sine sædvanlige historier fra sin barndom, og fra den gang hendes far døde. Det er meget godt alt sammen. Jeg har hørt det tusind gange, når hun er fuld, og jeg orker simpelthen ikke at høre det mere. Magdalena bliver sammen med mig og beretter grådkvalt om, hvorledes hendes storebror engang voldtog hende og meget mere, som jeg ikke bliver spor overrasket over at høre. Jeg kender ham. Han er et svin.

Til sidst falder vi alle i søvn og roen sænker sig over huset. Pyha, for en nat!

Næste dag dukker en stor sort fyr op sammen med sin spanske ven, og de inkvarterer sig lige så frimodigt i vores hus. Det er kutymen her i det store socialistiske fællesskab, og jeg kan intet gøre.

De slår sig ned i et værelse ved siden af pigernes, og jeg aner de fremtidige komplikationer. Nå, men vi skal ind til Havana og have vores billetter bekræftet og købe lidt ind, så fyrene bliver ladt tilbage, og jeg håber de er forsvundet, når vi kommer hjem.

I Havana er der lange køer foran fødevarebutikkerne. Ventetid på over to timer på grøntsagsmarkedet for at få et snollet salathoved o.s.v. Sådan er det, i dette land som kalder sig socialistisk, og som jeg ikke ved, hvad er for noget. Udstilling med Castros og Ches fly og motorbåde som relikvier fra den gang revolutionen rasede. Store billeder af lederne i partiet, som er vredt udseende gamle mænd. Åh så trist, så trist det hele. Alt er gået i stå. Dynamikken mangler. "Revolutionen" ER sket.

Vi spiser ost og drikker rødvin i en restaurant, som skal forestille et pakhus med billeder af alverdens eksotiske varer malet på væggen, og inde ved siden af er supermarkedets hylder gabende tomme, og betjeningen halvsovende piger, som sidder og piller næse. Desserten får vi i et thehus hos to sure damer med hvide kyser, som blander sød buddig med rom og forgifter mig. Jeg må gå om bag et skur og kaste op! Det hele er iscenesat fra oven som et skuespil, hvor alle har deres rolle og mekanikken knirker som var det en gammel udslidt lirekasse, der spiller sin endeløse dødsmelodi.

"Cuba libre" er "Cuba Isolata" med støtte fra Rusland, og hvis man mener det var "værre", da amerikanerne var her, så må det have været rigtig slemt. Men jeg skal ikke politisere, og i det store og hele ser folk jo meget tilfredse ud. Hvilket nok skyldes, at alle de urolige sjæle, kunstnere, intellektuelle og individualister, har forladt landet. De kedede sig ihjel!

Vi tuller tilbage til vores ferieparadis, og næste dag er stranddag med sol og kun lidt blæst. Vi bader i det voldsomme vand og løber op og ned og tegner figurer i sandet.

Om eftermiddagen sætter jeg en flaske rom på bordet. Lars og Lene vil rejse i morgen på grund af balladen i går. De orker ikke at være sammen med os mere, så jeg laver lidt afskeds-festivitas. Vi spiller kort, mens vi drikker, og Magdalena bliver i betænkelig grad varm i min nærhed, og mange ting, som jeg troede var forsvundet, kommer op til overfladen igen. Fyrene dukker op og går ned efter en ny flaske rom, og efterhånden bliver stemningen rar og afslappet. Nathalia forsvinder med den ene fyr og jeg taler i lang tid med Magdalena oppe på mit værelse. Hun og jeg er pludselig vældig tæt på hinanden, føler jeg. Jeg gider ikke drikke mere, men de andre fortsætter.

Magdalena glemmer sin armring fra Jamaica oppe hos mig. Jeg vil gå ned og aflevere den, når jeg har sovet lidt.

Jeg lukker døren op til deres værelse, og her ligger Magdalena så med røven i vejret, mens den store sorte dreng står bag hende med en lang stiv pik parat til angreb! Jeg aner ikke mine levende råd, men springer alligevel frejdigt hen til sengen. Sætter armringen på hende, idet jeg siger: - Du glemte den! Hun ser op på mig med halvåben mund og stønner: - Ja, ja! Så trækker jeg mig skyndsomt ud af rummet. -Sådan er det bare, tænker jeg træt og føler stikket i brystet. Så lægger jeg mig og falder i søvn.

Nogle timer senere kommer Lars op og siger, at Magdalena er fuld, og at de ikke kan have hende med ud at spise. Jeg går ned, fyren er skredet, og ganske rigtigt er hun i højt humør. Vil have mere at drikke og fjanter rundt, det bedste hun har lært. Jeg siger til de andre, at de skal tage afsted, så kommer Magdalena og jeg senere, og det gør de.
Vi er alene Magdalena og jeg. Vi har været tæt på hinanden i dag, og hun er lige i det "humør", så jeg spørger:- Skal vi bolle?
-Det kan vi da godt, svarer hun, og så gør vi det...

Så gør vi det, jeg har drømt om på hele turen, og det er dejligt for os begge, - tror jeg. Jeg elsker hende. Ja, for helvede, hvor jeg elsker den lille kvinde! Men, - for der er et men, og det kommer vi til. For nu tramper jeg rundt i min lykkerus uden at ænse noget somhelst. Jeg er bare så glad så glad (efter endelig at være nået i "mål") og lægger slet ikke mærke til min lille venindes følelser. Det skal fejres, at jeg har fanget mit bytte langt om længe, og her begår jeg min generalfejl. - Indset, men for sent. Alt for sent.

Djævelen optræder på arenaen.

Vi skal med til middagen, selvfølgelig skal vi det, og vi løber hånd i hånd ned til bussen, som kører os til Hotel Mirasul, hvor de andre venter. Mens vi kører lægger Magdalena sig tæt ind til mig og siger: - Nu skal du altid passe på mig, ikke? og jeg svarer stolt: -Det kan du bande på, jeg skal. Jeg lader dig ikke ud af syne. Du er min nu i al evighed!

Jeg kan mærke, at hun føler sig tryg i mit selskab og bliver endnu mere overmodig.

På det store hotel har Lars, hans kone og Kirsten fået plads ved et bord i festsalen tæt på scenen, hvor et show er i gang. En entertainer råber op om en konkurrence, som skal afgøre, hvem der er den dejligste pige i aften. - Hvem ellers end Magdalena, tænker jeg. - Hun er jo min, og så skal hun da også præsenteres! Djævelen har rakt sin hånd frem, og jeg griber den med begærlighed. Jeg har det som efter en jagt. Langt om længe skal byttet vises frem. Jeg trækker hende op på scenen. Arrangøren placerer hende i en række ved siden af nogle andre lidt tykke og ikke særligt kønne piger. Så råber han ud over forsamlingen, at man også vil kåre aftenens grimmeste mand, og idet han gør det, tager han mig i armen og stiller mig ind i en række med mænd af forskelligt udseende. Afgørelsen skal falde efter en klappetest. De fleste af pigerne får kun spredt bifald. Først da man når til Magdalena brager klapsalverne gennem salen. Hun får overrakt en stor buket blomster og rødmer genert. Derefter skal der vælges den grimmeste mand. Igen spredt bifald indtil de kommer til mig. Atter højlydte bravo råb og larmende klapsalver. Altså bliver jeg den grimmeste og Magdalena den smukkeste. Hvilket par!

Under den efterfølgende middag er stemningen trykket. Især Kirsten bryder sig ikke om min opførsel overfor Magdalena, sådan at udstille hende, og både Lars og hans kone er helt kolde i hovedet. Men det er ikke nok, for nu kommer et optog af store frygtindgydende papmachefigurer ned til vores bord.

Magdalena får overrakt endnu flere blomster og en stor æske chokolade. Det bliver for meget for hende, og pludselig ser jeg, at hun græder. Det er det totale sammenbrud. Med mine handlinger er det lykkedes mig at udstille hende som et stykke nedlagt vildt, hvor sandheden om hendes naturlige frihed er dræbt. Hun vil hjem, og selvom jeg forsøger at trøste hende, hjælper det ikke.

Jeg går sammen med hende ud for at vente på bussen, men da den kommer, vil hun ikke med. Jeg får hende dog lempet op, og på vejen råber og skriger hun hele tiden og vil af. Hjemme prøver jeg at berolige hende. Jeg kan nu se, hvor fuldstændig tåbeligt, jeg har båret mig ad. Alt det bolleri på turen betød intet for hende imod det ene at bevare sin dyd og ikke hoppe i kanen med mig. Da hun så gjorde det, var det det største skridt, hun nogensinde havde taget i sit liv, og så gjorde jeg det til et skuestykke. En præstation og ikke en kærlighedsakt. Hun er helt fra den og løber ned mod stranden. Jeg løber efter hende, og med et går hun lige ud i de store bølger. Strømmen er farlig her, og vi har fået strenge advarsler om ikke at gå for langt ud, når vi bader. Det går op for mig, at hun vil drukne sig. Jeg bliver panisk og løber efter hende og snupper hende ind igen. Så går vi op, og hun plukker blomster og synger klagende på grønlandsk, som var hun i en helt anden verden, og lige pludselig stikker hun af igen ned til stranden. Jeg efter hende og ud i bølgerne og hente ind. Vi er begge drivvåde, og sidder i sandet og puster udmattede. Hun spørger, om vi ikke skal gå ud og dø sammen. Jeg svarer, at jeg føler mig glad for livet, og at jeg synes vi meget hellere skal gå op og sove. (Det er lige, hvad der mangler! Hvor dum kan man være? Mageløs til idiot har jeg sjældent mødt. Fy for Satan!)

Vi rejser os og går langsomt hjemad, da hun nu for tredie gang stikker af og løber fra mig. Hun får et ordentligt forspring og kommer ned i brændingen og ud i havet, før jeg kan nå at gribe hende. Da jeg kommer derned, ser jeg hendes buksedragt stikke op et stykke ude i strømmen. Det er med nød og næppe, jeg får fat i stoffet og får hende trukket i land. Jeg ryster over hele kroppen. Hun ville virkelig drukne sig. Hvad har jeg gjort?

Hun følger med som i trance op til huset, hvor jeg frotterer hende varm og putter hende i seng som et lille barn. Jeg trækker dynen godt op og giver hende et let kys på panden. Så falder hun i søvn.

Jeg går ned til havet igen og ud i brændingen, som opsluger mig. Strømmen er stærk. Jeg kæmper ikke imod længere. Har intet at leve for mere. Vil bare dø.

Dør.

© 2021 – Jens Michael Høy
Forlag: BoD – Books on Demand, Hellerup, Danmark
Tryk: BoD – Books on Demand, Norderstedt, Tyskland

ISBN 978-87-4303-060-7